Córidon

Título original:
Córidon

Tradução, introdução e notas finais:
Ricardo Mangerona

Revisão:
António Barrancos

Capa:
FBA

Imagem de capa:
© Royal Cornwall Polytechnic Society / Bridgeman Images/Fotobanco.pt

Biblioteca Nacional de Portugal – Catalogação na Publicação

GIDE, André, 1869-1951

Córidon. – (Extra-coleção)
ISBN 978-972-44-2577-1

CDU 821.133.1-4"18/19"

Paginação:
MA

Impressão e acabamento:
FORMA CERTA

para
EDIÇÕES 70
Maio de 2022

EDIÇÕES 70, uma chancela de Edições Almedina, S.A.
Rua Fernandes Tomás, 76-80 – 3000-167 Coimbra – Portugal
e-mail: editoras@grupoalmedina.net

André Gide

Córidon

Tradução, introdução e notas de Ricardo Mangerona

70

Índice

Introdução

«Todo o pensamento francês destes últimos 30 anos, ainda que não o quisesse, quaisquer que fossem as suas outras coordenadas, Marx, Hegel, Kierkegaard, devia definir-se também em relação a Gide»([1]), escreve Jean-Paul Sartre (1905–1980) em 1951, assinalando não a morte, mas a vida, a obra e a marca indelével que, não sem o desconforto de muitos, deixava então André Gide na paisagem cultural francesa. André Gide (1869–1951) é, com efeito, um dos escritores mais completos da literatura contemporânea. A sua obra multifacetada, distribuída entre o romance, a poesia, a dramaturgia, o ensaio e um importante acervo diarístico, percorre os principais temas e reflecte as mais prementes inquietações dos artistas em actividade no virar do século XIX para o século XX e ao longo da primeira metade deste último. Trata-se de um autor basilar no panorama global dos modernismos europeus, a par de Marcel Proust, James Joyce, Virgina Woolf ou, em Portugal, Fernando Pessoa([2]), José Régio ou Jorge de Sena. No entanto,

---

([1]) «*Toute la pensée française de ces trente dernières années, qu'elle le voulût ou non, quelles que fussent par ailleurs ses autres coordonnées, Marx, Hegel, Kierkegaard, devait se définir aussi par rapport à Gide*» (Sartre, 1951).

([2]) Que nunca terá lido Gide, pelo menos até Dezembro de 1931, segundo admite a João Gaspar Simões (*v.* Simões, 1957).

até ao momento, o contacto da cultura portuguesa com a obra gidiana continua parco, encontrando-se poucos trabalhos do seu vasto espólio traduzidos e editados em Portugal, alguns já fora de circulação há largas décadas.

Herdeiro da escola simbolista finissecular, afim de Maurice Maeterlinck (1862–1949), por exemplo, Gide manifesta, todavia, desde cedo a vontade de romper paradigmas teórico-académicos, almejando um estilo idiossincrático através do qual dá conta, e de forma certeira, não só de angústias metafísicas intemporais mas também das principais vicissitudes da (sua) actualidade política e social. O desassossego íntimo, proporcionado em grande parte pela sua orientação homossexual, em contraste com a educação protestante que recebera no seio de uma família burguesa e conservadora, soleva interrogações de ordem existencial que atravessam cada um dos seus escritos. Desde o primeiro volume publicado, *Les Cahiers d'André Walter* (1891), um quase-romance fragmentário comparável, e antecipando-o em muitos aspectos, ao de Bernardo Soares, são abordadas questões como o desacordo obsidiante entre o espírito, etéreo, ideal como o de Antero, e o peso da carne inevitável; a inocência da infância e a volatilidade do tempo; a assombração da memória e a heteróclise do eu, estilhaçado em múltiplas verdades contraditórias e sequioso de, como refere Álvaro de Campos, «sentir tudo de todas as maneiras» — questões, enfim, que firmam desde logo a constelação de problemáticas presentes no decurso da carreira do autor.

Outros marcos desse percurso são as prosas poéticas de *Les Nourritures Terrestres* (1897), novelas como *L'immoraliste* (1902) e *La Porte Étroite* (1909), sotias como *Les Caves du Vatican* (1925), as suas memórias em *Si le Grain de Meurt* (1921), o *magnum opus* romanesco *Les Faux-monnayeurs*

(1925) e ainda livros de viagens, como *Voyage au Congo* (1927) e *Retour de l'U.R.S.S.* (1936), além de diversas antologias poéticas e dramatúrgicas.

Como se pode depreender de alguns destes títulos, a escrita de Gide reveste-se de uma dimensão ética e de um espírito de missão de que resulta a manifesta vontade de incomodar. Polémico, sem dúvida, mas também fiel à verdade e, sobretudo, fiel, tal como Montaigne, à sua própria natureza, é com coragem (*verdade* e *coragem* são duas palavras-chave na sua obra) que sacode vários dogmas norteadores da classe intelectual do seu tempo. Envolvido na fundação da muito influente, até hoje, *La Nouvelle Revue Française* (editada desde 1909), Gide nunca recusou uma boa discussão, envolvendo-se em debates públicos muito além do domínio puramente literário, como os que tratavam a colonização francesa em África, por onde viajou várias vezes, ou a evolução do regime comunista na Europa de Leste. Em 1947, é-lhe atribuído o prémio Nobel «pelos seus escritos diversificados e artisticamente significativos, nos quais os problemas humanos e as suas condições são apresentados com destemido amor pela verdade e com um apurado discernimento psicológico.» ([3])

Particularmente importante, senão axial, na fomentação desta obra proteiforme e, no entanto, coerente na sua multitude caleidoscópica, é a orientação homossexual do autor. Apesar de casado, desde 1895, com a sua prima Madeleine Rondeaux, por quem nutre desde cedo um amor fraterno intenso, Gide leva uma vida amorosa rica e atribulada. As múltiplas

([3]) «*[F]or his comprehensive and artistically significant writings, in which human problems and conditions have been presented with a fearless love of truth and keen psychological insight*» (The Nobel Prize, 1947).

viagens que empreende, nomeadamente a Inglaterra e ao norte de África, onde chega a encontrar Oscar Wilde, providenciam ocasiões para novas vivências que o persuadem da sua homossexualidade, o que não o impedirá de ter uma filha, Catherine, de uma relação extraconjugal, em 1923. Muito mais do que um detalhe acidental na sua biografia e na constituição de uma personalidade *sui generis*, de tendência inconformista, subversiva, mas sempre acautelada pela razão soberana, por princípios morais inabaláveis e por sólidas bases científicas, a homossexualidade é elevada pelo escritor ao digno estatuto de tema literário, abordado com sensibilidade de artista, sagacidade de erudito e a pertinácia exigida pela sociedade patriarcal e androcêntrica do seu tempo. É o tema que dá pretexto e forma a este *Córidon* (1924).

A obra consiste num ensaio dialogado, em moldes socráticos, em que se defende a homossexualidade dos pontos de vista biológico, histórico-cultural e sociológico, sem descurar as suas implicações morais no contexto maioritariamente cristão e patriarcal que é o da Europa no início do século XX. Os quatro diálogos que compõem o pequeno volume correspondem a quatro dias consecutivos de conversa entre Córidon e aquele a quem chamaremos Narrador (posto que, mesmo tratando-se de um registo dialógico, não deixa de o ser na mediação do discurso directo). De carácter céptico e pouco flexível em relação à homossexualidade, mas ainda assim curioso e, acima de tudo, saturado das intrigas que pululam nos salões a respeito de personalidades homossexuais que enchem de escândalo as páginas dos jornais, é este Narrador quem toma a iniciativa de procurar Córidon, médico erudito, conhecido e assumido pederasta da alta sociedade parisiense, com quem frequentara o liceu dez anos antes, para que o esclareça em definitivo sobre a matéria: O que é a homossexualidade? Como e por que razão se é homossexual? Não se violam, assim, as leis da natureza? E por que motivo parece esta tendência, contranatura e obscena, ter vindo a aumentar nos últimos anos? Com que consequências, senão a decadência moral da sociedade? — questões que permitem a Córidon ir pacientemente construindo a sua teoria (prepara até um livro sobre o assunto) de que a homossexualidade é, afinal, tanto quanto a heterossexualidade, um fenómeno *natural*, isto é, *inevitável* e até *necessário* no seio da natureza, à qual não escapa o homem.

O tema é, em toda a evidência, muito caro ao autor, e este não faz por escondê-lo, deixando a sua motivação pessoal de combater tabus e preconceitos bem clara nos prefácios com que introduziu as diferentes edições da obra, além de várias observações registadas em copiosos diários e correspondências. Activista *avant la lettre* pelo reconhecimento e integração dos homossexuais na sociedade, pioneiro nos estudos de género (*v.* Legrand, 2014), a muitas décadas de distância do Maio de 68, o autor não parece ter dúvidas de que a tarefa é arrojada, difícil — até revolucionária, se bem que de efeito retardante, cujos frutos só a madureza das mentalidades saberá produzir. Veja-se o que afirma no prefácio à edição norte-americana, 40 anos depois da concepção do projecto: «(...) que o *Córidon* seja o mais importante dos meus livros, é disso que continuo convencido; e convencido, igualmente, de que um dia virá em que se apercebam da sua importância.» ([4])

([4]) «*Que Corydon soit le plus important de mes livres, c'est ce dont je reste convaincu; et convaincu de même qu'un jour viendra où l'on s'apercevra de son importance*» (Goulet, 2009: 171; passagem citada também em Goulet, 2014: 11).

Esta é uma ideia em várias ocasiões reiterada pelo escritor, a de que *Córidon*, apesar de evidentes limitações formais e conceptuais (não é, afinal, um volume de dimensões bíblicas, como outros dos seus escritos), torna patente um problema urgente que importa, no momento certo, escrutinar diante do público, porque é do público, justamente, inclusive do mais letrado, que o problema emerge — e o problema não é a homossexualidade, mas sim a ignorância a seu respeito e o preconceito que dela advém. A sexualidade, qualquer que seja a prática ou a orientação em que se manifeste, é, no tempo de Gide, um tabu generalizado. Se tem, desde sempre, o seu lugar nas artes, tem-no a título de concessão excepcional, cabendo aos pais, maridos e educadores vedarem o acesso dos jovens e das esposas honestas às obras consideradas licenciosas. O sexo, vício demoníaco, torna-se, assim, aquilo que todos sabem que existe, projectando a sua sombra fantasmática nos poemas ilícitos de Baudelaire e nos romances de Stendhal, Balzac ou Flaubert, sem que o grande público saiba ao certo em que consiste, por que razão existe e como funciona.

O problema não é exclusivamente francês, bem entendido, mas comum à civilização ocidental. Um artigo da autoria de uma norte-americana, Dora Forster, divulgado na revista *Ère Moderne* em 1906 e guardado por Gide no arquivo de preparação para *Córidon*, dá conta, preto no branco, desta cegueira selectiva das pessoas de cultura em matéria de sexualidade: «louva-se especialmente a jovem rapariga ou a mulher ignorante das coisas sexuais, sendo o seu estado de alma descrito com o qualitativo de inocente»([5]). A autora

([5]) «(...) *[O]n loue spécialement la jeune fille ou la femme ignorante des choses sexuelles, son état d'âme étant décrit par le qualificatif innocent* (...)» (*apud* Goulet, 2014: 109).

conta que, depois de uma petição a incentivar a publicação de mais obras científicas de teor sexual, surgiu no seu país uma série de edições que, em parte, respondia às necessidades intelectuais do público, «[m]as os autores desses livros acharam necessário conservarem intacto o dogma teológico de que o sexo é uma invenção diabólica (...). Ora, nós precisamos é de livros que discutam todos os factos sexuais tão explícita e completamente quanto possível (...).»([6])

Sobre a homossexualidade em concreto pouco se sabia, e o que se sabia passava necessariamente pelo crivo moral das convenções, assentes na família e no casamento heterossexual como paradigma de tradição histórica. Vista como desvio a esse modelo axiológico, a homossexualidade, em todas as suas formas, só se poderia afigurar como uma grotesca aberração, moralmente condenável e, em certas regiões e países europeus, como a Alemanha e o Reino Unido, punida por lei. Disso davam conta os jornais, que adensavam o estigma alimentando a opinião pública com reportagens sensacionalistas sobre personalidades mais ou menos célebres *apanhadas* em relações homossexuais. Além do conhecido processo de Oscar Wilde (1854–1900), amigo e mestre de Gide, condenado a dois anos de trabalhos forçados, foram vários os casos que se tornaram mediáticos em França: o empresário alemão Friedrich Alfred Krupp (1854–1902), acusado de actos de pederastia, suicidou-se, tal como o general britânico Hector MacDonald

---

([6]) «*Mais les auteurs de ces livres crurent nécessaire de conserver intact le dogme théologique que le sexe est une invention diabolique* (...). *Or, ce qu'il nous faut ce sont des livres qui discutent tous les faits sexuels aussi explicitement et aussi complètement que possible* (...).» (*Ibidem*).

(1853–1903). O caso de Philipp zu Eulenburg (1847–1921), conselheiro do imperador Guilherme II, que se envolve com um comandante militar de Berlim, escandaliza a opinião pública dos dois lados do Reno e gera grande instabilidade no seio do (já frágil) Império Alemão. Todos estes «casos», mencionados em *Córidon*, circularam em abundância, da imprensa aos salões, na sociedade que Gide frequentava. Deles deixou testemunho com profusão de recortes, comentários e correspondência no seu espólio pessoal (Goulet, 2009: 1188).

Cientificamente, é nesta época que começam a surgir as primeiras teses exclusivamente dedicadas ao estudo da homossexualidade. A sexologia é, de resto, uma disciplina recente, e a sensibilidade que o seu objecto exige não abona a uma divulgação alargada ao grande público leitor, limitando-se os primeiros trabalhos a circular nos meios clínico e académico, aptos a deslindar o jargão técnico de que normalmente se costuram. No entanto, algumas obras, manifestamente concebidas para uma mais ampla vulgarização da matéria, alcançam de imediato o favor do público internacional. Há os trabalhos de Freud (1856–1939), claro, mas também os de Albert Moll (1862–1939), que ganha renome em França com a tradução de *Die Konträre Sexualempfindung*([7]) (1891), «destinado a esclarecer e a fazer reflectir o médico, o polícia, o juiz de instrução, o advogado, o historiador, o psicólogo, o antropólogo, o sociólogo, o pedagogo e o legislador», como nota no prefácio (p. 11) o seu colega Richard von Krafft-Ebing (1840–1902). Este último, por sua vez, é autor de

([7]) Publicado em França em 1893: *Les Perversions de l'instinct Génital. Étude sur l'inversion Sexuelle Basée sur des Documents Officiels.* (*v.* referências bibliográficas)

Psychopathia Sexualis (1886), inventário de anomalias sexuais, onde inclui a homossexualidade (Goulet, 2009: 1187). Se estas obras têm o mérito de, abertamente e num registo acessível, se debruçarem sobre a homossexualidade e preconizarem, até, o fim da criminalização de comportamentos homossexuais, isentando de qualquer culpa quem manifeste essa predisposição, partem, em contrapartida, da premissa de que a homossexualidade é uma anomalia fisiológica de difícil correcção. Ora, Gide, germanófilo de longa data, está bem inteirado destas publicações e não poupará críticas a esta tendência para a patologização da homossexualidade que, afinal, não vem, de maneira nenhuma, resolver o «seu» problema — ou seja, considerar a homossexualidade doença não é muito melhor do que considerá-la imoral.

Em França, tecnicamente, a homossexualidade não era crime, mas não deixaram de se registar alguns episódios polémicos. Talvez o mais badalado, e sem dúvida decisivo para a publicação de *Córidon* (Goulet, 2014: 20), tenha sido o de Pierre Renard, em 1909: empregado de Auguste Remy, personalidade do mundo das finanças, viu-se acusado do seu homicídio e condenado a trabalhos forçados com a única «prova» de ser «um monstro odioso e repugnante» (*ibidem*), isto é, homossexual. A analogia com o então recente «caso Dreyfus» é inevitável. Gide, além de abordar explicitamente o assunto no quarto diálogo, desabafa amargamente a sua angústia com o amigo Jean Schlumberger: «O processo de Renard deixa-me doente.»([8])

O «caso Renard» é a viva prova de que as obras de Moll e outras congéneres não são suficientes, e porventura serão antes

([8]) «*Le procès Renard me rend malade*» (*apud* Goulet, 2014: 20).

prejudiciais, para a *normalização* da homossexualidade que Gide propõe fazer. Não se trata, pois, de uma mera questão de intrigas e má-língua de salão; a ignorância e o preconceito tornam-se um problema demasiado sério quando provocam injustiças flagrantes, corrompendo a suposta imparcialidade do sistema judicial ou levando as potenciais vítimas de discriminação a uma vida de fachada e clandestinidade, ou até mesmo ao suicídio. Por isso, Gide deixou a sua obra maturar largos anos antes de ousar dá-la à estampa, cioso de alcançar com um texto cuidado até ao preciosismo (como, aliás, é habitual em todos os seus escritos), resultado de uma investigação habitual em todos os seus escritos), resultado de uma investigação particularmente minuciosa, o nervo de uma audiência dura, por de mais acomodada ao *statu quo* heterossexual, machista e patriarcal, e para a qual a homofobia é lei.

Com efeito, um inquérito realizado pelos editores da revista *Marges*, em 1926, e que procurava apurar as opiniões de diversas personalidades do mundo das letras (romancistas, críticos, jornalistas) a respeito da homossexualidade na literatura da época, é revelador do pensamento dominante na classe intelectual. O inquérito surge na sequência da publicação de *Córidon* (1924), mas também de *Sodoma e Gomorra* (1921–1922), de Proust, e ainda de *Les Faux-monnayeurs* (1925), a gota de água para o crítico Paul Souday, que protesta na sua recensão ao romance de Gide: «Realmente, isto está a tornar-se insuportável, sobretudo com aquele tom sério e aquele sentimentalismo sonso.»(9) Veja-se, por exemplo, a

(9) «*Vraiment, cela devient insupportable, surtout avec ce sérieux et cette fade sentimentalité*» ((*Le Temps*, 4 de Fevereiro de 1926, *apud* Goulet, 2014: 136).

resposta ao dito inquérito que propõe Henri Barbusse, destacado líder comunista e cultural: «Julgo que essa perversão de um instinto natural, como muitas outras perversões, é um indício da profunda decadência social e moral de uma certa parte da sociedade actual»([10]); ou esta pérola do escritor Charles Derennes: «Não reparei no desenvolvimento da homossexualidade desde a guerra (...) *na literatura*, porque todo o livro em que se trate disso é por mim imediatamente destruído. (...) Não há qualquer razão para tolerar os pederastas e as lésbicas, sobretudo em caso de ostentação, de pose e de excitação pelo exemplo. O chicote e o *hard-labour*! Que querem, eu gosto de mulheres...»([11]); ou ainda esta, do jornalista Georges Maurevert, no mesmo nível de elegância: «Quando a França voltar a ser o que deve — com a ajuda de um Homem e um pau! —, esses maus costumes desaparecerão por si sós. (...) Vão ver se na Itália de hoje — a Itália, clássico país da homossexualidade — se atrevem a falar abertamente, como em França, de tríbades e pederastas!... O Homem e o pau chegaram.»([12])

([10]) «*J'estime que cette perversion d'un instinct naturel, comme bien d'autres perversions, est un indice de la profonde décadence sociale et morale d'une certaine partie de la société actuelle*» (*idem:* 137).

([11]) «*Je n'ai rien remarqué du développement de l'homosexualité depuis la guerre* (...) [en] littérature, *parce que tout livre où il est question de cela est par moi immédiatement détruit.* (...) *Aucune raison de tolérer les pédérastes et les lesbiennes, surtout en cas d'ostentation, de pose, et d'excitation par l'exemple. Le fouet et le hard-labour! Que voulez-vous, j'aime les femmes...*» (*idem:* 140).

([12]) «*Quand la France sera redevenue ce qu'elle doit être — à l'aide d'un Homme et d'une trique! —, ces mauvaises mœurs disparaîtront d'elles--mêmes.* (...) *Allez donc voir si dans l'Italie d'aujourd'hui — l'Italie, pays classique de l'homosexualité — on ose ouvertement parler, comme en*

As respostas a este inquérito sugerem, pois, além da tenacidade do preconceito, uma assimilação muito parcial e deficiente do conhecimento científico divulgado na época — já de si, como vimos, pouco convincente na reabilitação social do homossexual, uma vez que o vitimiza às mãos de uma maleita psíquica ou fisiológica, limitando-se a *dissecá-lo*, a fim de compreender os mecanismos da «perturbação». De resto, a confusão é total ao nível da terminologia: termos como «pederasta», «uranista» e «invertido» passam frequentemente por sinónimos de «homossexual», no caso masculino (aquele que é abordado em *Córidon*), e reflectem muitas vezes, por conotação, noções pejorativas como a de «maníaco», «pervertido» ou «sodomita». Para Gide, esta diversidade de termos para designar a homossexualidade é sintomática de uma diversidade de práticas, orientações e comportamentos que se verificam no seio da sexualidade em geral, e, deste modo, no seio da homossexualidade como orientação particular, ainda assim genérica, no campo da sexualidade. A ideia-chave, patente na abertura dos diálogos, é a de que a homossexualidade, *tal como a heterossexualidade*, tem os seus vícios, taras e manias, mas que, regra geral, e *tal como a heterossexualidade*, é saudável e normal.

Para o provar, há que preparar de antemão o seu discurso, sabendo bem que a hostilidade da recepção será inevitável. A longa gestação e o difícil parto, «a fórceps», no dizer de Alain Goulet (2014: 15), do *Córidon* que conhecemos como

France, de tribades et de pédérastes!... L'Homme et la trique sont venus» (*idem:* 144–145; recorde-se que, em 1926, é da Itália de Mussolini que se trata).

definitivo, o de 1924([13]), deve-se, pois, às muitas precauções que Gide tomou para, sem comprometer a carga ética do seu trabalho de escritor, e abordando o tema com a seriedade devida, fazê-lo num momento adequado e articulando um manancial de informação teórica bem assimilada à sua própria experiência pessoal. Discípulo de Montaigne, Gide faz da sua escrita intimista um tubo de ensaio humanístico no fundo do qual, de modo precipitado, digamos, resultante do exercício introspectivo, se deposita a verdade de si próprio, enquanto *homem* — a verdade que sempre escapa às mais avançadas técnicas de observação empírica e especulação filosófica.

A concepção de *Córidon* terá começado com a leitura do livro de Moll, que coincidiu, sensivelmente, com o traumático processo de Wilde, por volta de 1895 (Goulet, 2014: 19), mas terá sido na segunda metade da década de 1900, aquando dos casos MacDonald, Eulenburg e Renard, que o escritor arregaçou as mangas e deu ordem às múltiplas notas que vinha então acumulando (*idem*: 20). Em 1911, dá à estampa uma primeira e exclusivíssima edição, incompleta (constituída apenas pelos dois primeiros diálogos e parte do terceiro), numa tiragem de 12 exemplares que terá mostrado a alguns amigos, antes de os relegar para o fundo de uma gaveta (*ibidem*). Esta pseudo-publicação, anónima e misteriosamente intitulada *C.R.D.N.*, não chegou ao circuito comercial até há bem pouco tempo: deve-se a Alain Goulet, um dos principais estudiosos da obra gidiana e editor de *Córidon* na distinta colecção Pléiade, a sua publicação em 2014.

Este *C.R.D.N.*, mal recebido no círculo íntimo do autor, como se verá no prefácio de 1924, fica depois suspenso, na

([13]) E que serve de fonte para a tradução que aqui se propõe.

prática, durante quase dez anos, período indispensável de crescimento pessoal em que se firmam cada vez mais no autor, através das múltiplas vivências da sua homossexualidade, as convicções que o haviam levado a encetar esta «defesa da pederastia» (*v.* «Primeiro diálogo»). Casado com Madeleine Rondeaux, sua prima, venerada desde a infância num amor quase platónico (de que dão conta *Les Cahiers d'André Walter*), a sua libertação plena do espartilho das convenções e expectativas sociais dá-se quando, em 1918, esta o surpreende numa das suas relações extraconjugais e queima todas as suas cartas. Gide, assumindo de uma vez por todas a sua orientação sexual, decide que é tempo de retomar os diálogos de *Córidon*, completando o volume com o terceiro e o quarto diálogos e efectuando modificações diversas no texto daqueles primeiros 12 exemplares de *C.R.D.N.* (Goulet, 2014: 21). Em Agosto de 1922, escreveu no seu diário esta passagem:

> Já esperei muito tempo. Quis ter a certeza de que aquilo que avançava em *Córidon* [i.e., em *C.R.D.N.*, 1911], que me parecia aventuroso, talvez, não ia ter de renegar em breve. Mas as minhas ideias aqui só se firmaram, e o que reprovo agora ao meu livro é a sua prudência e timidez. Dez anos passaram; tenho agora mais confiança. Exemplos, argumentos novos, testemunhos, tudo veio corroborar as minhas teorias. O que pensava ontem, penso-o ainda mais hoje (...).([14])

([14]) «*J'ai longtemps attendu. Je voulais être sûr que ce que j'avançais dans* Corydon, *qui me semblait aventuré peut-être, je n'allais pas devoir le renier bientôt. Mais ma pensée n'a fait que s'affermir, et ce que je reproche à présent à mon livre, c'est sa prudence et sa timidité. Dix ans ont passé; j'ai pris plus d'assurance. Exemples, arguments nouveaux, témoignages, tout est venu corroborer mes théories. Ce que je pensais*

Alain Goulet identifica cinco momentos fundamentais na fortuna editorial da obra, a saber: 1) a dita pseudo-publicação de *C.R.D.N.* de 1911; 2) depois, em 1912, um primeiro trabalho de revisão e anotação sobre um daqueles 12 exemplares, que permaneceu, no entanto, inédito no arquivo pessoal do autor; 3) uma nova impressão exclusiva e anónima, em 1920, desta feita de 21 exemplares, já com o título *Corydon* e os quatro diálogos completos; 4) em 1924, finalmente, a edição de referência, com o texto revisto (considerado definitivo), assumida pelo autor com uma tiragem de 5000 exemplares; 5) e ainda uma última edição revista, publicada em 1935, incluída nas *Œuvres Complètes d'André Gide*, pela chancela da *La Nouvelle Revue Française*. Esta última compreende os prefácios às edições de 1920 e 1924, bem como uma série de apêndices, que incluem uma amostra de correspondência com François Porché e Léon Kochnitzky, e uma comovente carta endereçada a Gide por um jovem estudante homossexual que procura junto do autor de *Córidon* conselhos para lidar com as suas angústias (*idem*: 25–27).

A carta deste jovem ilustra bem a urgência de uma obra como *Córidon* no panorama cultural da época. Gide estava consciente da sua necessidade, tanto mais que, um ano depois de experimentar uma nova impressão dos diálogos, a de 1920, aparece nos escaparates o quarto volume de *Em Busca do Tempo Perdido*, de Marcel Proust (1871–1922), com o título, *Sodoma e Gomorra*, a prometer o escândalo que, com efeito, causou. Gide criticou duramente o amigo, com quem muito conversara a propósito da homossexualidade de ambos,

hier, je le pense plus fort aujourd'hui (...).» (*apud* Goulet, 2014: 21). A ideia é retomada no Prefácio à edição de 1924.

ao deparar-se com a representação do homossexual como «homem-mulher» na figura de Charlus, personagem daquele romance. É essa mesma ideia estereotipada do uranismo como mera inversão sexual ou efeminação, não isenta de ridículo e patetismo, que se propõe rebater em *Córidon*. De resto, terá sido este livro de Proust o derradeiro catalisador a precipitar a publicação comercial dos diálogos em 1924 (Goulet, 2014: 180–188).

Daí também a importância que Gide atribui a «este livrinho» (*v.* prefácios) no panorama geral da sua obra: é, sem dúvida, o livro mais pensado, o que mais pesquisa exigiu e o que mais impacto se esperava que causasse, não pelo gosto gratuito da polémica, mas sim pela missão ética que sempre orientou a sua escrita. É, por isso, pertinente a escolha do diálogo, como género, para veicular a sua teoria. Sem ser dos mais celebrados, o diálogo nunca esteve realmente fora de moda, chegando a ser praticado na era contemporânea, nomeadamente por Oscar Wilde, Fernando Pessoa ou Paul Valéry. O modelo, como é consabido, é herdado da filosofia clássica, com os diálogos de Platão a servirem, naturalmente, de exemplo máximo, mas extravasa aqui o domínio filosófico([15]), prestando-se, pela carga dramática inerente à *encenação*, a expor não tanto um conceito abstracto, como a justiça na *República*, mas um raciocínio que não deixa de ser complexo nas múltiplas componentes que abarca, desde a história natural à cultura helénica, da pedagogia à sociedade

([15]) Compreende-se, pois, alguma hesitação quando se trata de classificar esta obra quanto ao género: um diálogo, sim, admitindo o diálogo como género; filosófico, nem por isso, mas sem dúvida ensaístico. Mais difícil é concebê-la como romance, como faz o editor norte-americano, ao acoplar ao título a rubrica *a novel...* (Howard, 1950).

industrial e ao culto da aparência que nela prolifera e que caracteriza o tempo do autor. O diálogo, um completo artifício desde o princípio, ficciona um cenário de pretenso equilíbrio, simulacro de um pé de igualdade que promove a abertura de um consenso, ou um campo de ideias comum às duas partes, que se encontram em permanente tensão.

Não é, portanto, inocente que, para equilibrar o escrutínio da sua própria orientação sexual, para recriar uma aparência de imparcialidade, Gide ponha em cena um interlocutor de peso para Córidon. Da mesma idade, com o mesmo grau de instrução que o seu anfitrião, pertencente à mesma burguesia boémia e cosmopolita, *mas* conservador, no limite do intransigente, o Narrador consubstancia o conjunto de preconceitos que fazem a opinião pública, o senso comum, apresentados sob a forma de razão convencional. Ele é a sociedade em pessoa. Tem, contudo, a sua própria biografia, o seu carácter e uma densidade psicológica (ainda mais vincada na edição de 1911) que o faz, um pouco como o clássico sofista, defender até ao final os mesmos valores homofóbicos, apesar de evidenciar uma certa abertura de espírito e a mínima curiosidade científica que falta sempre na argumentação dos *bons velhos costumes* — mas é nele, nas suas perguntas e provocações, que o argumento de Córidon se sustém e se eleva audaciosamente a teoria. É de uma importância assinalável que parta deste Narrador a indulgência da entrevista, que se prontifique, aquele que ignora, a estabelecer o *diálogo*. Além disso, a vaga relação de amizade que os dois mantêm permite que, num registo semiformal, como é o da conversa entre dois cavalheiros, as ideias, graves apesar de alguma ironia pontual, possam fluir com uma certa ligeireza num discurso mais ou menos coloquial.

Quanto a Córidon, a personagem, é igualmente significativo apresentá-lo como médico: homem de ciência, com um currículo brilhante, de inteligência inatacável — como pode, desgosta-se o seu interlocutor, um sujeito de imaculada integridade dar-se aos costumes uranistas de que é reputado na sociedade parisiense? Ora, afigura-se, em contrapartida, o informador ideal para as suas dúvidas. O Narrador, seu antigo colega de escola, rompera relações com ele quando começava a circular nos meandros da má-língua a sua fama de pederasta, indissociável da de perverso, depravado e efeminado. Dez anos se passaram desde os tempos do liceu, e é com surpresa que o Narrador, arredado de quem julga extraviado do bom caminho, vem encontrar em Córidon o exemplo inconcebível de um uranista *normal*, sem nenhum daqueles sinais tipicamente associados à homossexualidade masculina.

O nome do protagonista, respigado das éclogas de Virgílio (sobretudo da écloga II), é o de um pastor apaixonado pelo mancebo Aléxis. A personagem mítica é retomada por vários poetas renascentistas, inclusivamente Camões, sendo que o seu carácter homossexual não tende a fazer tradição: na écloga camoniana (XIII), Aléxis cede o lugar a Fílis, e é esta, mais ao gosto das cantigas de amigo, quem evoca o amigo ausente, Córidon. A escolha deste nome para a personagem e para título da obra de Gide funciona, de certo modo, como um manifesto: Gide compromete-se, assim, a reabilitar a personagem virgiliana com esse traço que os séculos de hegemonia heterossexual, mais ou menos deliberadamente, apagaram — em grande medida, propõe-se restaurar a *verdade*.

O primeiro diálogo, aliás, firma desde logo o tom da conversa, que decorrerá sob os signos de Miguel Ângelo e

Walt Whitman, artistas cuja homossexualidade foi, durante séculos no caso do primeiro, camuflada por biógrafos e tradutores que expurgaram das suas obras qualquer alusão ao amor masculino. Serve esse primeiro diálogo justamente para preparar o terreno, fazer o ponto da situação e introduzir com as necessárias precauções oratórias o tema do debate e a ideia axial à teoria de Córidon (a normalidade da homossexualidade) que governará os três diálogos seguintes: do ponto de vista biológico, no segundo diálogo, onde se analisa a ocorrência do fenómeno, e com que causas e consequências, no mundo animal; no plano histórico-cultural, no terceiro diálogo, onde se averigua o modo como a homossexualidade humana foi encarada em diversas civilizações ao longo dos séculos; por fim, a um nível sociológico, no quarto diálogo, onde se discutem as implicações morais da homossexualidade, e se serão assim tão danosas, na sociedade contemporânea.

Se o resultado não é perfeito, o autor consegue com este quadro teórico cobrir a problemática de três ângulos inovadores, o que, tendo em conta as ferramentas epistemológicas de que dispunha, numa época muito anterior à revolução sexual e cultural da década de 1960, é, no mínimo, notável. Peca, isso é certo, por ocasionais escolhas menos felizes na formulação do discurso (sabe-o o autor melhor do que ninguém, acusando-se de demasiada ironia e leviandade quando o assunto requeria maior assertividade); também pelas limitações que, por vezes, o registo dialógico parece impor a uma explanação que se quer mais detalhada e exaustiva; e, acima de tudo, por deixar completamente fora da sua teoria a homossexualidade feminina, o que lhe valeu justas críticas, por exemplo, de Marguerite Yourcenar (1903–1987) (Goulet, 2014: 2018).

Acertou, porém, no essencial. Já em 1949, Frank Beach, antropólogo e etólogo da Universidade de Yale, no posfácio à primeira edição norte-americana de *Córidon*, validava a ideia global da obra à luz dos novos avanços da ciência biológica (Goulet, 2014: 206–211). Gide chegou mesmo a antecipar uma hipótese que só muito recentemente começou a ser levada a sério pela zoologia: a de que a homossexualidade, longe de anómala ou desviante, como sempre tem sido reportada pelos naturalistas, cobre um conjunto variado de comportamentos que são parte integrante, e fundamental, da vida sexual de muitas mais espécies animais do que se pensava (1500 atestadas; na prática, serão, sem dúvida, mais — *v.* Daugey, 2017: 12).

Antes de Beauvoir ou de Foucault, muito antes dos primeiros movimentos LGBT e da liberdade sexual que, pelo menos em teoria, existem na Europa de hoje, Gide deu um passo importante na desmistificação de um fenómeno que, afinal, faz e sempre fez parte da natureza, da qual faz e sempre fez parte o homem — desmistificação crucial numa sociedade, a sua e a nossa, que propala em todas as ocasiões valores humanistas como a igualdade e a liberdade. Em 2021, a homossexualidade é ainda um fenómeno mal compreendido, pelo que a leitura desta obra, escrita há um século, continua a ter nos nossos dias a mesma urgência. *Córidon*, mais do que ao nicho de uma biblioteca LGBT ou à fileira académica dos estudos de género, pertence à literatura e ao saber universais, pelo gosto do conhecimento que promove e pelo exercício intelectual de pensar a vida e o mundo.

Ricardo Mangerona

Referências bibliográficas

Obras mencionadas na Introdução

DAUGEY, Fleur (2017), *Animaux Homos, Histoire Naturelle de l'homosexualité,* Paris, Albin Michel.

GOULET, Alain (2009), «Notice» Relativa a *Corydon, in* GIDE, André (2009), *Romans et Récits*, volume II, Paris, Gallimard, colecção Pléiade, pp. 1162–1184.

GOULET, Alain (2009), «Note sur le Texte», *in* GIDE, André (2009), *Romans et Récits*, volume II, Paris, Gallimard, colecção Pléiade, pp. 1184–1185.

GOULET, Alain (2009), «Notes et Variantes», *in* GIDE, André (2009), *Romans et Récits*, volume II, Paris, Gallimard, colecção Pléiade, pp. 1186–1200.

GOULET, Alain (2014), *Les Corydon d'André Gide, avec le Texte Originel du C.R.D.N. de 1911*, Paris, Orizons, colecção Universités.

KRAFFT-EBING, Richard von (1886), *Psychopathia Sexualis,* Estugarda, F. Enke.

KRAFFT-EBING, Richard von (1893) «Préface», *in* MOLL, Albert (1893), *Les Perversions de l'instinct Génital. Étude sur l'inversion Sexuelle Basée sur des Documents Officiels*, Paris, G. Carré.

LEGRAND, Justine (2014). «Pourquoi André Gide Peut-il Être Considéré comme l'un des Pères Fondateurs des Études de Genre», *in Journal of Research in Gender Studies*, volume 4(2), 2014, pp. 409–415.

MOLL, Albert (1891). *Die Konträre Sexualempfindung*, Berlim, Fischer. Edição francesa (1893), *Les Perversions de l'instinct Génital. Étude sur l'inversion Sexuelle Basée sur des Documents Officiels*, Paris, G. Carré.

PROUST, Marcel (1921–1922). *Sodome et Gomorrhe*, Paris, Gallimard. Edição portuguesa (2003), *Em Busca do Tempo Perdido, volume IV – Sodoma e Gomorra* (trad. de Pedro Tamen), Lisboa, Relógio d'Água.

Sartre, Jean-Paul (1951), «Gide Vivant», *in Les Temps Modernes*, n.º 36, Março de 1951, Paris, Gallimard. Consultado em linha (07/11/2021): http://e-gide.blogspot.com/2013/04/gide-vivant-par-j-p-sartre.html .

Simões, João Gaspar (1957), *Cartas de Fernando Pessoa a João Gaspar Simões (Introdução, Apêndice e Notas do Destinatário)*. Lisboa, Europa-América (2.ª edição, Lisboa: Imprensa Nacional – Casa da Moeda, 1982), p. 69. Consultado em linha (07/11/2021): http://arquivopessoa.net/textos/1067.

The Nobel Prize (1947), apreciação do júri. Consultado em linha (08/11/2021): https://www.nobelprize.org/prizes/literature/1947/summary.

Edições (comerciais) de Córidon *mencionadas na Introdução*

(1924) *Corydon*, Paris, Gallimard.

(1935) *Corydon, in Oeuvres Complètes d'André Gide*, volume 9, Paris, Gallimard.

(1950) *Corydon, A Novel*, Nova Iorque, Farrar, Straus and Giroux, Inc. (trad. de Richard Howard) (1983).

(2009) *Corydon, in Romans et Récits*, volume II, Paris, Gallimard, colecção Pléiade.

(2014) *C.R.D.N., in Les Corydon d'André Gide, avec le Texte Originel du C.R.D.N. de 1911*, Paris, Orizons, colecção Universités.

Outras obras de Gide mencionadas na Introdução

(1891) *Les Cahiers d'André Walter*, Paris, Gallimard.

(1897) *Nourritures Terrestres*, Paris, Gallimard.

(1902) *L'immoraliste,* Paris, Gallimard.

(1907) *La porte étroite,* Paris, Gallimard. Edição portuguesa (s/d), *A Porta Estreita*, Lisboa, Livros do Brasil, coleção Miniatura (trad. de Valentim Garcia).

(1921) *Si le Grain ne Meurt*, Paris, Gallimard.
(1925) *Les Caves du Vatican*, Paris, Gallimard.
(1925) *Les Faux-monnayeurs*, Paris, Gallimard.
(1927) *Voyage au Congo*, Paris, Gallimard.
(1936) *Retour de l'U.R.S.S.*, Paris, Gallimard.

Outras obras de Gide com edição em Portugal antes da entrada da obra do autor no domínio público

(1895) *Paludes*, Paris, Gallimard. Edição portuguesa (2021), *Paludes*, Lisboa, Sistema Solar (trad. de Aníbal Fernandes).
(1895) *Paludes*, Paris, Gallimard. Edição portuguesa (2002), *Pauis*, (s/l), Fradique, (s/t).
(1919) *La Symphonie Pastorale*, Paris, Gallimard. Edição portuguesa (s/d), *Sinfonia Pastoral*, Lisboa, Livros do Brasil (trad. de Roberto Ferreira).
(1929) *L'école des Femmes*, Paris, Gallimard. Edição portuguesa (s/d), *A Escola de Mulheres*, Lisboa, Livros do Brasil, col. Miniatura (trad. de A. Vieira d'Areia).
(1936) *Geneviève, La Confidence Inachevée*, Paris, Gallimard. Edição portuguesa (s/d), *A Confidência Inacabada*, Lisboa, Livros do Brasil (trad. de António Ramos Rosa).

Córidon

Prefácio [à terceira edição (definitiva)]

1924

Os meus amigos repetem-me que este livrinho é de natureza muito prejudicial para mim. Eu não penso que ele possa tirar-me alguma coisa pela qual tenha apreço; ou melhor: não creio ter muito apreço por nada do que ele me privará: aplausos, condecorações, honrarias, a entrada nos salões da moda — nunca os procurei. Só prezo a estima de algumas mentes raras, que, espero eu, compreenderão que nunca a mereci mais do que ao escrever este livro e ao atrever-me, hoje, a publicá-lo. Espero não perder essa estima; mas, certamente, prefiro perdê-la a devê-la a uma mentira ou a algum mal-entendido.

Nunca procurei agradar ao público; mas prezo excessivamente a opinião de alguns; é uma questão de sentimento, e não se pode fazer nada contra isso. O que se assumiu, por vezes, ser uma certa timidez de pensamento, era mais frequentemente receio de desgostar algumas pessoas; de desgostar uma alma, em particular, que desde sempre me foi mais querida entre todas.([i]) Quem saberá dizer por quantas paragens, reticências e desvios é responsável a simpatia, a ternura? No que diz respeito aos simples atrasos, não posso tê-los por lamentáveis, tendo em conta que os artistas do nosso tempo pecam mais frequentemente por uma enorme falta de paciência. O que se serve hoje em dia teria muitas vezes ganhado em amadurecer. Um tal pensamento que primeiro nos ocupa e nos parece fascinante espera só o amanhã para esmorecer. Foi por isso que esperei muito tempo para escrever este livro, e, uma vez escrito, para o imprimir. Queria ter a certeza de que, em breve, não teria de desdizer aquilo que avançava em *Córidon*, e que me parecia evidente. Mas não: as minhas ideias só se firmaram, e o que reprovo neste momento ao meu livro é a sua reserva e a sua timidez. Há mais de dez anos que ele está escrito; exemplos, argumentos novos e testemunhos vieram corroborar as minhas teorias. O que pensava antes da guerra, penso-o ainda mais hoje. A indignação que *Córidon* poderá provocar não me impedirá de acreditar que as coisas que aqui digo devem ser ditas. Não que eu julgue que tudo o que se pensa deva ser dito, e dito em qualquer momento — mas sim isto, precisamente, e que é preciso dizê-lo hoje!([1])

([1]) Alguns livros — os de Proust em particular — habituaram o público a intimidar-se menos e atrever-se a considerar a sangue-frio o que antes fingia ignorar, ou preferia ignorar. Muitas são as mentes que imaginam de bom grado suprimir aquilo que ignoram... Mas esses livros, ao mesmo tempo, contribuíram muito, temo bem, para enganar as opiniões. A teoria do homem-mulher, dos «Sexuelle Zwischenstufen» (graus intermédios de sexualidade) que lançava o Dr. Hirschfeld, na Alemanha, algum tempo ainda antes da guerra, e à qual Marcel Proust parece aderir([ii]) — pode bem não ser falsa; mas só explica e só diz respeito a certos casos de homossexualidade, precisamente aqueles de que não me ocupo neste livro — os casos de inversão, de efeminação, de sodomia. E, hoje, vejo bem que um dos grandes defeitos do meu livro é precisamente o de não me ocupar deles (que se revelam muito mais frequentes do que eu antes acreditava). E suponhamos, ainda assim, que a teoria de Hirschfeld nos satisfaça quanto a esses casos. Essa teoria do «terceiro sexo» não poderia de modo algum explicar aquilo a que, por hábito, chamamos «o amor

Alguns amigos, a quem primeiro submeti a leitura deste livro, julgam que me ocupo demasiado das questões de história natural — não é que eu, porventura, esteja errado em conceder-lhes assim tanta importância; mas (dizem eles) essas questões hão-de cansar e repelir os leitores. — Oh, pois claro!, mas é mesmo isso que eu espero: não escrevo para divertir, e pretendo desapontar desde o limiar aqueles que vêm aqui procurar prazer, arte, engenho ou o que quer que mais seja, enfim, senão a expressão mais simples de um pensamento muito sério.

E mais isto:

Não acredito, de modo algum, que o preceito último da sabedoria seja o de nos abandonarmos à natureza e deixarmos livre curso aos instintos; mas acredito que, antes de procurar reduzi-los e domesticá-los, importa compreendê-los bem — pois várias das desarmonias de que temos de padecer são só aparentes e devidas unicamente a erros de interpretação.

Novembro de 1922

grego»: a pederastia — que não comporta efeminação alguma, nem de uma parte nem da outra.

Prefácio à segunda edição[i]

1920

Decido-me, depois de oito anos de espera, a reimprimir este livrinho. Foi publicado em 1911, com uma tiragem de 12 exemplares, os quais foram relegados para uma gaveta — de onde ainda não saíram.

O *Córidon* não compreendia, então, mais do que os dois primeiros diálogos e o primeiro terço do terceiro. O resto do livro estava apenas esboçado. Uns amigos dissuadiam-me de acabar de o escrever. «Os amigos», diz Ibsen, «são perigosos, não tanto pelo que nos levam a fazer, mas pelo que nos impedem de fazer.»[ii] Porém, as considerações que eu apresentava neste livrinho pareciam-me das mais importantes, e eu tinha por necessário apresentá-las. Mas, por outro lado, estava preocupado com o bem público e pronto a selar as minhas ideias assim que visse que elas podiam perturbar a boa ordem. Foi também por isso, mais do que por prudência pessoal, que guardei o *Córidon* numa gaveta e ali o sufoquei por tanto tempo. Nestes últimos meses, contudo, convenci-me de que este livrinho, por mais subversivo que fosse em aparência, só combatia a mentira, e que nada é mais danoso, pelo contrário, ao indivíduo e à sociedade do que a mentira acreditada.

O que digo aqui, afinal (pensava eu), não faz com que todas estas coisas existam. *Elas existem.* Preocupo-me em explicar o que existe. E posto que normalmente não se quer admitir que *existem*, preocupo-me em examinar se é realmente tão deplorável quanto se diz — que elas existam.

Primeiro diálogo

No ano de 19..., um processo escandaloso([i]) trouxe mais uma vez à ribalta a irritante questão do uranismo. Nos salões e nos cafés, durante oito dias, não se falou de outra coisa. Cansado de ouvir os ignorantes, os casmurros e os tolos bradarem ou teorizarem à toa sobre o assunto, quis esclarecer a minha opinião, e não reconhecendo senão à razão, e nunca apenas ao temperamento, o direito de condenar ou de absolver, decidi ir entrevistar Córidon. Ele nem protestava, diziam-me, contra certas inclinações desnaturadas de que o acusavam; e eu quis tirar tudo a limpo e saber o que tinha ele a dizer para as desculpar.

Havia dez anos que eu não via Córidon. Era então um rapaz cheio de vida, doce e orgulhoso ao mesmo tempo, generoso, prestável, cujo olhar obrigava já à estima. Os seus estudos de medicina haviam sido dos mais brilhantes, e os seus primeiros trabalhos haviam motivado o aplauso dos colegas de profissão. À saída do liceu onde fôramos condiscípulos, durante muito tempo uma amizade bastante estreita nos uniu. Depois, os anos de viagem separaram-nos, e quando regressei para me instalar em Paris, a deplorável reputação que os seus hábitos começavam a valer-lhe reteve-me de o frequentar.

Ao penetrar no seu apartamento, não tive, devo admitir, a incómoda impressão que temia. Também é verdade que Córidon não a dá pela aparência, que continua correcta, senão mesmo com uma certa afectação de austeridade. Os meus olhos procuravam em vão, na sala para onde ele me conduziu, as tais marcas de efeminação que os especialistas encontram em tudo o que toca aos invertidos, e sobre as quais pretendem nunca se enganarem. Todavia, era possível notar, por cima da secretária de mogno, uma grande fotografia de uma obra de Miguel Ângelo: a da formação do homem — onde se vê, obedecendo ao dedo criador, a criatura Adão, nua, estendida sobre a argila plástica, voltando para Deus um olhar ofuscado de gratidão.([ii]) Córidon professa um certo gosto pela obra de arte, atrás da qual poderia ter-se abrigado, fosse eu admirar-me da escolha deste tema em especial. Sobre a mesa de trabalho, o retrato de um velho de grande barba branca, que reconheci de imediato como o do americano Walt Whitman([iii]), já que ele figura no frontispício de uma tradução da sua obra que o Sr. Bazalgette acabava de dar a lume. Bazalgette acabava de publicar também uma biografia deste poeta, volumoso estudo de que eu tomara recentemente conhecimento e que me serviu de pretexto para encetar a entrevista.

I

— Depois da leitura do livro de Bazalgette — comecei —, parece que não há grandes razões para que este retrato figure na sua mesa.

A minha frase era impertinente; Córidon fingiu não a compreender; eu insisti.

— Primeiro — respondeu ele —, a obra de Whitman continua igualmente admirável, qualquer que seja a interpretação que agrade a cada um fazer dos seus costumes...

— Admita, porém, que a sua admiração por Whitman desvaneceu um pouco desde que Bazalgette demonstrou que ele não tinha os costumes que você bem gostava de lhe atribuir.

— O seu amigo Bazalgette não demonstrou nada de nada; todo o seu raciocínio assenta num silogismo que se pode muito bem refutar:

A homossexualidade, coloca ele como princípio, é uma inclinação contranatura.

Ora, o Whitman estava de perfeita saúde; era, a bem dizer, o mais exemplar representante do homem natural que a literatura nos pode oferecer...

— *Logo* — disse eu—, Whitman não era pederasta. Eis o que me parece peremptório.

— Mas a obra aí está, essa em que o Sr. Bazalgette bem pode traduzir por «afeição» ou «amizade» a palavra *love*, e *sweet* por «puro», quando se dirige ao «camarada»... Nem por isso as peças mais apaixonadas, sensuais, ternas e vibrantes do volume deixam de ser da mesma ordem: dessa ordem a que você chama «contranatura».

— Disso a que não chamo «ordem» de todo... Mas vejamos o seu silogismo?

— Aqui vai:

Whitman pode ser considerado como tipo do homem normal.

Ora, Whitman era pederasta.

— *Logo*, a pederastia é uma inclinação normal. Bravo! Fica apenas por provar que Whitman era pederasta. Petição de princípio por petição de princípio([iv]), eu prefiro o silogismo de Bazalgette; fere menos o senso comum.

— Não é o senso comum, é a verdade que importa não ferir. Estou a preparar um artigo sobre Whitman, uma resposta à argumentação de Bazalgette.([1])

— Estas questões de costumes ocupam-no muito?

— Razoavelmente, devo admitir; estou também a preparar um trabalho bastante importante sobre o assunto.

— Os trabalhos dos senhores Moll, Krafft-Ebing, Raffalovich([vi]), etc. não lhe bastam!

— Não souberam satisfazer-me; eu queria falar sobre isso de um modo diferente.

([1]) O Sr. Bazalgette tem, sem dúvida, o direito de optar (e a língua francesa a isso o obriga) cada vez que o *género* de um termo inglês é indeciso e de traduzir, por exemplo, «the friend whose embracing awakes me» por «a amiga que...» — ainda que ele, aqui, abuse tanto do leitor como de si mesmo. Mas ele não tem o direito de tirar conclusões de um texto depois de ele próprio o ter distorcido. Ele admite, com desarmante candura, que a intriga feminina que nos conta na sua biografia de Whitman é «puramente» imaginária. O desejo de empurrar para a heterossexualidade o seu herói é tal que, quando traduz «the heaving sea» — «o mar palpitante», sente a necessidade de acrescentar «como um seio» (p. 278), o que, literariamente, é absurdo e profundamente anti-whitmaniano. Lendo estas palavras na sua tradução, acorro ao texto com a *certeza* de... um erro. O mesmo ocorre quando lemos «junto daquelas que descascam maçãs, reclamo um beijo por cada fruto vermelho que encontro» (p. 93) — escusado será dizer que o feminino é invenção de Bazalgette. Exemplos que tais abundam — e *não há outros*, quero dizer: daqueles de que se poderia autorizar Bazalgette; de modo que parece ser mesmo a ele que se dirige Whitman quando escreve: «Eu não sou quem me supondes»([v]) (p. 97). Quanto às deformações de ordem literária, estas são abundantes e importantes a ponto de desnaturar excessivamente a poesia de Whitman. Conheço poucas traduções que atraiçoem mais o seu autor... Mas isso levar-nos-ia demasiado longe, e a um outro domínio.

— Sempre pensei que estivéssemos melhor se falássemos o menos possível dessas coisas, e que muitas vezes elas só existem porque algum desastrado as divulga. Até porque são coisas deselegantes de se dizer, alguns bons malandros cá estarão para tomar como exemplo precisamente aquilo que se pretendia repreender.

— Eu não pretendo repreender.

— Corre o rumor de que você passa por tolerante.

— Você não me está a ouvir. Estou a ver que tenho de lhe dizer o título da minha obra.

— Por favor.

— É uma *Defesa da Pederastia* que estou a escrever.

— Porque não *Elogio*, já agora?

— Esse título desvirtuaria as minhas ideias; temo que já haja quem veja uma espécie de provocação na palavra *Defesa*.

— E atreve-se a publicar isso?

— Não; não me atrevo — disse ele num tom mais grave.

— Decididamente, vocês são todos iguais — retomei depois de um curto silêncio. — Muito alardeiam dentro de portas e entre os pares; mas ao ar livre e diante do público a vossa coragem evapora. No fundo, sentem perfeitamente a legitimidade da reprovação que recai sobre vocês; protestam eloquentemente em voz baixa; mas em voz alta afrouxam.

— É verdade que faltam mártires a esta causa.

— Não use aqui palavras grandes.

— Uso as palavras necessárias. Tivemos Wilde, Krupp, MacDonald, Eulenburg...([vii])

— Se esses não lhe bastam!

— Oh! Vítimas! Vítimas aos magotes! Mártires, nada. Todos negaram; todos negarão.

— Eh!, pois claro, perante a opinião, os jornais ou os tribunais, uma pessoa envergonha-se e retracta-se.

— Ou mata-se, que tristeza! Sim, você tem razão: estabelecer a sua inocência com base na denegação da sua vida é ceder perante a opinião. Que estranho! Têm a coragem das suas opiniões; dos seus costumes, nada. Aceitam bem sofrer; mas não ser desonrados.

— Não é você igual a eles ao recuar na publicação do seu livro?

Ele hesitou alguns instantes; depois:

— Pode ser que não recue.

— Encurralado perante os tribunais por um Queensberry ou um Harden[viii], prevê, porém, qual será a sua atitude.

— Infelizmente, sem dúvida, tal como os que me precederam, perderei a compostura e negarei. Nunca estamos assim tão sós na vida que a lama que alguns nos arremessam não conspurque ao mesmo tempo aqueles que nos são queridos. O escândalo desolaria a minha mãe; não mo perdoaria. A minha irmã mais nova vive com ela e ainda não é casada. Talvez se tornasse mais penoso encontrar alguém que me aceitasse como cunhado.

— Eh, pois claro! Compreendo-o bem; admite, então, que esses costumes desonram mesmo aquele que não faz mais do que tolerá-los.

— Não admito; constato. Por isso mesmo é que gostava que houvesse mártires nesta causa.

— Entende por esse termo...?

— Alguém que estivesse na frente de ataque; que, sem charlataria, sem bravata, suportasse a reprovação, o insulto; ou melhor, que fosse de tão reconhecido valor, probidade e rectidão que a reprovação hesitaria antes de mais...

— Precisamente esse homem, não o encontrará.

— Deixe-me acreditar que será encontrado.

— Vamos lá ver! Entre nós, acredita mesmo que isso seria útil? Que mudança na opinião espera você? Concedo que vocês sejam um pouco constrangidos. Se o fossem um pouco mais, tanto melhor seria, acredite; esses abomináveis costumes deixariam muito naturalmente de existir, de maneira a não mais se produzirem. (Notei que ele encolhia os ombros, o que não me impediu de insistir.) Você não acha que demasiada vilania se difunde já a olhos vistos? Já muito ouvi dizer que os homossexuais encontram aqui e ali vergonhosas facilidades. Que eles se contentem daquelas que se escondem, da condescendência dos seus semelhantes; não reclame para eles a aprovação, nem sequer a indulgência, das pessoas honestas.

— É, porém, da estima dessas pessoas que eu não me posso privar.

— Que fazer? Mude os seus costumes.

— Só que eu não posso mudá-los. Eis o dilema para o qual Krupp, MacDonald e tantos outros não viram outra solução senão o tiro de revólver.

— Ainda bem que você é menos trágico.

— Eu não prometo nada, mas queria escrever o meu livro.

— Admita que não há pouco orgulho no seu caso.

— Absolutamente nada.

— Você cultiva a sua bizarria e, para não se envergonhar mais dela, regozija-se de não se sentir igual aos outros.

Ele encolheu de novo os ombros e deu alguns passos pela sala sem dizer nada; depois, parecendo dominar finalmente a impaciência que as minhas últimas afirmações lhe causavam:

II

— Não há muito tempo, você era meu amigo — disse ele, sentando-se de novo ao pé de mim. — Lembra-me que sabíamos entender-nos. É-lhe assim tão indispensável, hoje, acolher cada frase que eu diga com essa sua ironia? Não poderia você, não digo, claro, aprovar-me, mas escutar-me de boa-fé? Como de boa-fé lhe falo... Ao menos, como lhe falarei se sentir que me escuta.

— Queira desculpar-me — disse-lhe eu, desarmado pelo tom das suas palavras. — É verdade que estou em atraso para consigo. Sim, éramos bastante íntimos, no tempo em que a sua conduta ainda não devia nada às suas inclinações.

— Depois, deixou de me ver; ou melhor: rompeu comigo.

— Não procuremos explicações para isso, mas conversemos como teríamos feito naquele tempo — retomei, estendendo-lhe a mão. — Tenho tempo para o ouvir. Quando nós nos frequentávamos, você era ainda estudante. Nesse momento, conhecia-se já, claramente, no fundo de si mesmo? Fale! É uma confissão que eu espero.

Ele começou, dirigindo-me um olhar onde renascia a confiança:

— Durante os meus anos de internato nos hospitais, a consciência que adquiri da minha anomalia mergulhou-me numa inquietação mortal. É absurdo defender, assim como ainda fazem alguns, que só se chega à pederastia pela devassidão, e que isso é gosto de embotado. Também não podia reconhecer-me como degenerado nem doente. Laborioso, muito casto, eu vivia com a fixa ideia de me casar, ao sair dos meus anos de hospital, com uma jovem rapariga, que, entretanto, morreu, e que eu amava mais do que tudo neste mundo.

Eu amava-a de mais para me dar nitidamente conta de que não a desejava. Bem sei que certas cabeças têm dificuldade em admitir que uma coisa pode passar sem a outra; eu próprio o ignorava absolutamente. No entanto, nenhuma outra mulher habitava os meus sonhos ou despertava em mim qualquer desejo. Ainda menos me tentavam as raparigas atrás das quais via correr os meus colegas. Contudo, naquele tempo, como eu nem sequer suspeitava que pudesse desejar outros seres, nem mesmo que outros seres pudessem ser autenticamente desejados, persuadia-me do mérito da minha abstinência, entusiasmava-me com a ideia de chegar virgem ao casamento e vangloriava-me de uma pureza que eu não podia crer enganosa. Só muito lentamente fui aprendendo a compreender-me; tive de reconhecer para comigo que aquelas seduções tão elogiadas, às quais eu me gabava de resistir, não tinham para mim qualquer encanto.

O que eu tomava por virtude não era nada mais do que indiferença! Eis o que uma jovem alma um pouco nobre não saberia reconhecer sem um desgosto aterrador. Só com o trabalho superava a melancolia; esta descoloria, ensombrava a minha vida; rapidamente me persuadia de que era impróprio para o casamento, e, não podendo desabafar com a minha noiva as causas da minha tristeza, a minha atitude para com ela tornou-se cada vez mais equívoca e embaraçada. Porém, algumas experiências que eu quis tentar no bordel provaram-me que eu não era impotente; mas, ao mesmo tempo, convenceram-me de vez.

— Convenceram-no de quê?

— O meu caso parecia-me dos mais estranhos (pois podia eu então desconfiar que isto é frequente?). Via-me capaz de sentir prazer; achava-me incapaz, em sentido estrito, de sentir desejo. Nascido de pais muito saudáveis, eu próprio era sólido e bem constituído; o meu aspecto nada dizia da minha miséria; nenhum dos meus amigos desconfiava; mais depressa esquartejar-me-ia do que revelaria alguma coisa a alguém. Mas esta farsa de bom humor e galhardia, que, para afastar qualquer suspeita, eu me julgava obrigado a encenar, tornava-se-me intolerável. Uma vez só, deixava-me ensombrar.

A gravidade e a entoação assertiva da sua voz forçaram o meu interesse.

— Tanta imaginação em tudo isso! — disse-lhe eu suavemente. — Estava apaixonado, simplesmente; por isso, cheio de receios. Logo após o casamento, o desejo, como é normal, teria seguido o amor.

— Isso é o que se diz, eu sei... Como eu tinha razão em ser tão céptico!

— Neste momento, você parece ser pouco dado à hipocondria. Como é que se curou desse mal?

— Naquele tempo, eu lia muito. No decurso das minhas leituras, deparei-me com uma frase que foi para mim uma advertência salutar. É do abade Galiani: «O importante, escrevia ele à Sra. d'Épinay, o importante não é curar-se, mas viver bem com os seus males.»([ix])

— Porque não diz isso aos seus doentes?

— Digo-o àqueles que não podem curar-se. Estas palavras parecem-lhe, porventura, bem simples; eu fiz delas a minha filosofia. Não me restava mais do que saber que eu não era um caso monstruoso, um caso único, para reconquistar a minha confiança, escapar à minha própria aversão.

— O que me conta é como reconheceu a sua falta de gosto pelas mulheres, mas não como se revelou a sua inclinação...

— É uma história bastante penosa e que eu não gosto de contar. Porém, creio que você me escuta a sério, e talvez a minha narrativa o ajude a falar com menos ligeireza destas coisas.

Assegurei-o, senão da minha simpatia, ao menos da minha atenção deferente:

— Já sabe, portanto, que eu estava noivo — começou. — Eu amava ternamente aquela que deveria vir a tornar-se minha mulher, mas de um amor quase místico, e, naturalmente, na minha inexperiência, eu mal imaginava que houvesse mais bela forma de amar. A minha noiva tinha um irmão, mais novo do que ela alguns anos, que eu via muito e que se tinha apegado a mim com a mais viva afeição.

— Ah! Ah! — disse eu involuntariamente.

— Córidon olhou-me severamente.

— Não, nada se consumou de impuro entre nós; a irmã dele era minha noiva.

— Queira perdoar-me.

— Mas compreenda o meu tormento, a minha aflição, quando, num certo serão de confidência, tive mesmo de reconhecer que aquele rapaz não só queria a minha amizade mas solicitava também a minha carícia.

— O seu carinho, quer você dizer. Como muitas crianças, pois claro! Compete-nos a nós, os mais velhos, olhar por elas.

— E eu olhava por ele, juro-lhe. Mas o Aléxis já não era uma criança; era um adolescente cheio de graça e consciência; os desabafos que me fez entretanto desconcertaram-me tanto mais que, em tudo o que ele me revelava, que ele observava em si precocemente com uma perspicácia singular, parecia confessar-me a mim mesmo. Mas sem dúvida que nada justificava a severidade que usei.

— Severidade?

— Sim; eu tinha medo por nós dois. Falei-lhe severamente, duramente quase, e, o que é pior, com desmedido desprezo pelo que eu chamava de efeminação, que era só a expressão natural da sua ternura.

— É uma questão de falar com cuidado nesses casos!

— Eu tive tão pouco cuidado que a pobre criança — sim, era ainda uma criança(x) — elevou ao trágico a minha repreensão. Durante três dias, esforçou-se, com um redobrar de gentileza, por vencer o que tomava como indignação da minha parte; eu, no entanto, exagerava diante dele a minha frieza, tanto que...

— Acabe.

— Pois quê! Você não sabe que o Aléxis B. se matou?

— Ousaria você pretender que...

— Oh! Eu não pretendo absolutamente nada. Falou-se primeiro de um acidente. Estávamos então no campo: o corpo foi encontrado no fundo de uma falésia... Acidente? Pois não posso acreditar. Mas eis a carta que encontrei à cabeceira da minha cama.

Ele abriu uma gaveta, tirou um papel com a mão trémula, deitou-lhe um olhar e, depois:

— Não, não lhe vou ler esta carta; você não compreenderia esta criança. Dizia-me ele, em substância, mas com que expressão apaixonada!, a angústia em que o deixara a minha última conversa... Certas frases, principalmente: «Para te salvar desta inquietação física», exclamara eu, indignando-me hipocritamente contra os gostos que ele me confessava, «conto com um grande amor. — Que tristeza!», escreveu- me ele, «esse amor, é por ti que o sinto, meu amigo. Tu não me compreendeste; ou, o que é bem pior, compreendeste-me e desprezas-me; vejo que me tornei para ti objecto de horror;

nisso me torno, sendo assim, para mim mesmo. Se nada posso mudar na minha monstruosa natureza, posso ao menos suprimi-la...» Quatro páginas, enfim, desse patetismo algo pomposo desta idade, e a que chamamos tão facilmente mais tarde *declamação*.

Eu sentia-me deveras incomodado com esta narrativa...

— Evidentemente! — retomei, enfim. — Que a declaração de tamanho amor se dirigisse especialmente a si, eis uma fatalidade bem maliciosa; compreendo que a aventura o tenha afectado.

— Ao ponto de renunciar desde logo a essa ideia de casamento com a irmã do meu amigo.

— Mas — continuei, para concluir o meu raciocínio — estou muito convencido de que a cada um só acontecem os desaires que se merecem. Admita que se esse adolescente não tivesse pressentido em si algum possível eco da sua paixão reprovável, essa paixão...

— Talvez algum obscuro instinto possa, com efeito, tê-lo avisado; mas, nesse caso, é realmente lamentável que esse instinto não me tenha avisado a mim.

— Avisado, que teria então feito?

— Creio que teria curado aquela criança.

— Você dizia há pouco que não havia cura para isso; até citava a frase do abade: «o importante não é curar-se...»

— Eh! Deixe lá isso! Poderia tê-lo curado como me curei a mim mesmo.

— Que quer dizer?

— Convencendo-o de que ele não estava doente.

— Diga logo que a perversão do seu instinto era natural.

— Persuadindo-o de que o desvio do seu instinto não tinha nada que não fosse natural.

— E, se tudo fosse recomeçar, ter-lhe-ia cedido, naturalmente.

— Oh! Essa é toda uma outra questão. Quando o problema fisiológico está resolvido, começa o problema moral. Porventura, por respeito à sua irmã, com quem estava comprometido, o incitasse a triunfar sobre aquela paixão, como teria eu mesmo triunfado; mas ao menos aquela paixão teria perdido o carácter monstruoso que havia tomado a seus olhos. — Este drama, ao fazer-me abrir de vez os olhos para mim mesmo, ao revelar-me a natureza da afeição que eu tinha àquela criança, este drama sobre o qual eu longamente meditei orientou-me para... a especialidade que lhe parece tão desprezível; em memória desta vítima, quis curar outras vítimas padecendo do mesmo mal-entendido: curá-las da maneira que disse.

III

— Penso que agora compreende por que razão quero escrever este livro. Os únicos livros sérios que eu conheço sobre esta matéria são obra de alguns médicos. Sente-se-lhes, desde as primeiras páginas, um intolerável odor a clínica.

— Não é, portanto, como médico que conta falar?

— Como médico, naturalista, moralista, sociólogo, historiador...

— Não o sabia tudo isso.

— Quero dizer que não pretendo falar como especialista, mas sim como homem. Os médicos que normalmente tratam destas matérias ocupam-se apenas dos uranistas vergonhosos; os miseráveis, queixosos, invertidos, doentes. São só esses que vêm procurá-los. Enquanto médico, é desses mesmo que eu cuido; mas, enquanto homem, encontro outros, nem lastimosos, nem queixosos — é sobre eles que me interessa debruçar-me.

— Sim, sobre os pederastas normais!

— Foi você quem o disse. Compreenda-me: a homossexualidade, tal como a heterossexualidade, comporta todos os graus, todos os matizes: do platonismo à salacidade, da abnegação ao sadismo, da saúde vivaz ao abatimento, da simples expansão a todos os requintes do vício. A inversão é só um anexo disso. Para mais, todos os intermediários existem entre a exclusiva homossexualidade e a heterossexualidade exclusiva. Mas, normalmente, a gente contenta-se em opor ingenuamente ao amor normal um amor reputado contra-natura — e, para maior comodidade, põe-se toda a alegria, toda a paixão nobre ou trágica, toda a beleza do gesto e do espírito de um lado; do outro, não sei que imundo rebotalho do amor...

— Não se embale. O safismo([xi]) goza entre nós de um favor inegável.

Ele ia tão lançado que não ouviu a minha observação, e, continuando:

— Nada de tão grotesco, a cada novo processo de costumes, como o decoroso espanto dos jornais perante a atitude viril dos acusados. Evidentemente que a opinião esperava vê-los de saias. Olhe: durante o processo de Harden, recortei isto do *Jornal*...

Ele procurou entre diversos papéis e estendeu-me uma folha onde li estas linhas sublinhadas: «O conde de Hohenau, de alta estatura, cingido no seu redingote, de aspecto altivo e cavaleiresco, não passa minimamente a imagem de um homem efeminado. É, todo ele, o tipo de oficial da Guarda apaixonado pela sua profissão. No entanto, sobre este homem de aparência nobre e marcial recaem as mais graves suspeitas. O conde de Lynar é, também ele, de porte elegante... etc.»

— Do mesmo modo — retomou Córidon —, MacDonald e Eulenburg, mesmo aos olhos dos mais prevenidos, pareciam inteligentes, belos, nobres...

— Em suma, desejáveis de todos os ângulos.

Ele calou-se um instante, e eu vi um lampejo de desprezo passar-lhe pelos olhos; mas, sentando-se de novo, continuou como se o meu beliscão não o tivesse atingido:

— Temos o direito de esperar alguma beleza do objecto de desejo, mas não do sujeito que deseja. Tanto me faz a beleza destes. Se eu insistia no seu aspecto físico, é porque me importa que eles sejam bem parecidos e viris. E eu não defendo que todos os uranistas o sejam; a homossexualidade, tal qual como a heterossexualidade, tem os seus degenerados, os seus viciados e os seus doentes; eu, como médico, chamei a atenção, na senda de muitos colegas meus, para inúmeros casos penosos, desoladores ou dúbios; a esses pouparei os meus leitores; mais uma vez, o meu livro tratará do uranismo saudável, ou como você dizia há pouco, *da pederastia normal*.

— Então não viu que eu usei esses termos por brincadeira? Seria demasiado bom para si se eu lhe concedesse este primeiro ponto.

— Nunca lho pedirei por complacência. Prefiro vê-lo obrigado a isso.

— Agora é você quem quer brincar.

— Não estou a brincar. Garanto-lhe que, em 20 anos, os termos «contranatura», «antifísico», etc., já não se poderão levar a sério. Só admito uma coisa neste mundo que não seja natural: a obra de arte. Tudo o resto, a bem ou a mal, entra na natureza, e quando deixamos de ver as coisas como moralistas, é como naturalistas que convém considerá-las.

— Esses termos que você incrimina são práticos para fortalecer os nossos bons costumes. Onde iríamos nós parar se os suprimisse?

— Não ficaríamos mais desmoralizados; e muito me contenho para não acrescentar: pelo contrário!... Vocês dizem cada uma, senhores heterossexuais; parece, ao ouvir falar alguns de vocês, que basta que as relações sejam entre sexos diferentes para serem lícitas; pelo menos, para serem «normais».

— Basta que elas possam sê-lo. Os homossexuais são necessariamente depravados.

— Pensa que a abnegação, o autocontrolo e a castidade sejam coisas desconhecidas entre eles?

— Parece-me bem que as leis e o respeito humano a isso os obriguem às vezes.

— Enquanto lhe parece igualmente bem que as leis e os costumes vo-lo obriguem tão pouco.

— Mas, então, você enerva-me! O casamento, o honesto casamento está à vista, e não é do vosso lado, suponho. Eu sinto-me, diante de si, do humor desses moralistas, que, fora do conúbio, não vêem no prazer da carne senão pecado e reprovam todas as relações à excepção das legítimas.

— Oh! Eu dar-lhes-ia uma abébia nesse ponto; e, por pouco que você mo incitasse, saberia mostrar-me mais intransigente do que eles. Do número de alcovas conjugais onde, como médico, fui chamado a penetrar, juro-lhe que vi algumas pouco limpas, e não apostaria de bom grado que a maior engenhosidade, ou perversidade, se preferir, na mecânica amorosa, se deva procurar sempre do lado da cortesã, e não em certos lares «honestos».

— Você é revoltante.

— Mas se a alcova é conjugal, o vício é de súbito branqueado.

— Entre si, marido e mulher podem fazer o que bem lhes apetecer; isso é-lhes permitido. Mais uma vez, isso não lhe diz respeito.

— «Permitido»; sim, gosto mais desse termo do que «normal».

— Tinham-me prevenido de que o sentido moral era para os seus semelhantes peculiarmente deturpado. E de que maneira!, continuo admirado. Você parece perder completamente de vista o acto natural da fecundação, que o casamento santifica e pelo qual o grande mistério da vida se perpetua.([xii])

— E terminado o qual o gesto do amor se emancipa e se desgoverna, não é mais do que gratuita fantasia, um jogo. Não, não! Não o perco de vista; e é sobre a sua finalidade que eu quero edificar a minha moral. Fora dele, nada resta além da persuasão do prazer. Mas pondere desde já que o acto de procriação é raro e que um em cada dez meses é o suficiente.([2])

— É pouco.

— Muito pouco; pois a natureza propõe uma despesa infinitamente maior; e... Nem me atrevo a concluir...

— Diga, pois! Você já disse tanto.

— Pois bem, aqui vai: defendo que, longe de ser o único «natural», o acto de procriação na natureza, entre a mais desconcertante profusão, não é, na maioria das vezes, senão um acaso.

— Ora bem, vai ter de se explicar!

([2]) *Quandoquidem ad actum conjugalem libido principaliter movet, est peccatum mortale.*([xiii]) (São Tomás de Aquino, *Summa Theologiae* III, Questão XLIX, § 6).

— De bom grado; mas aqui entramos na história natural; é por ela que o meu livro começa e eu abordo o meu assunto. Se tiver alguma paciência, vou contar-lhe tudo. Volte amanhã. Daqui até lá, terei posto alguma ordem nos meus papéis.

Segundo diálogo

No dia seguinte, à mesma hora, fui de novo a casa de Córidon.

— Estive mesmo quase para não vir — disse-lhe ao entrar.

— Eu sabia que diria isso — disse ele, convidando-me para sentar — e que viria, não obstante.

— É muito arguto. Mas, se me faz o favor, não é o psicólogo, é o naturalista que eu venho escutar hoje.

— É como naturalista que estou pronto para lhe falar, tenha calma. Organizei as minhas observações; se quisesse utilizá-las todas, três volumes não seriam suficientes; mas, como lhe dizia ontem, descarto à partida as médicas; não que elas não me interessem, mas só mais tarde vão requerer a minha atenção. O meu livro não precisa delas.

— Fala como se já estivesse totalmente escrito.

— Pelo menos, está totalmente composto; mas a matéria é copiosa... O meu assunto sustenta-se em três partes.

— A história natural ocupará, portanto, a primeira.

— Que bastará para a nossa conversa de hoje.

— Posso saber já o que nos reserva a segunda?

— Se vier amanhã, falaremos de história, literatura e belas-artes.

— E depois de amanhã?

— Será como sociólogo e moralista que me esforçarei para o contentar.

— E depois?

— Depois, digo-lhe adeus e deixo a palavra a outros.

— No entretanto, é a si que eu escuto. Ora comece.

I

— Admito que tomo algumas precauções oratórias. Antes de abordar a questão, cito Pascal e Montaigne.

— Que têm eles que ver com o caso?

— Olhe: são duas frases que eu quero afixar como epígrafe; parece-me que elas colocam a discussão em bons termos.

— Vejamos essas citações.

— Você conhece a de Pascal: «Tenho muito medo de que esta natureza seja ela própria apenas um primeiro hábito, como o hábito é uma segunda natureza.»([i])

— Com efeito, já devia calcular.

— Sublinho o «tenho muito medo».

— Porque...?

— Agrada-me que ele esteja assustado. Garanto que tem boas razões para isso.

— E vejamos Montaigne.

— «As leis da consciência, que dizemos nascer da natureza, nascem do hábito.»([ii])

— Já sei que tem as leituras em dia. Encontra-se o que se quer, procurando bem, numa biblioteca bem feita. Isso não importa! Por uma linha que escapou a Pascal, e que você interpreta como lhe agrada, tem o desplante de se abrigar atrás dele!

— Acredite que eu tive foi dificuldade em escolher. Copiei dele outras frases que mostram que não deturpei as suas ideias. Ora leia.

Ele estendeu-me um papel onde estavam transcritas as seguintes palavras:

«A natureza do homem é toda natureza, *omne animal*. Não há nada que não se torne natural. Não há natural que não se faça perder.»

— Ou se preferir:

Estendeu-me outro papel, onde li: «Talvez a natureza não seja assim tão uniforme. É, portanto, o hábito que faz isso, pois ele constrange a natureza; e algumas vezes a natureza sobressai e retém o homem no seu instinto, apesar de todo o hábito, bom ou mau.»

— Defende que a homossexualidade seja uma simples questão de hábito?

— Nada disso! Mas que julguemos de acordo com o hábito, assumindo a heterossexualidade apenas como natural.

— Pascal ficaria lisonjeado se soubesse que fins o faz servir!

— Não penso desviar as suas ideias. Importa compreender que, quando você diz «contranatura», o termo «contracostume» bastaria. Persuadidos disso, abordaremos a questão com menos prejuízo, espero.

— A sua citação é um pau de dois bicos; posso retorqui-la contra si: importados da Ásia ou de África para a Europa, e da Alemanha, de Inglaterra ou da Itália para França, os costumes de pederastia chegaram, por aqui e por ali, a contaminar-nos durante algum tempo. Graças a Deus!, o natural e bom velho fundo gaulês assomou sempre ao de cima, galante como convém, tão vigoroso quanto necessário, robusto.([1])

Córidon tinha-se levantado e andado alguns instantes pela sala sem dizer nada. Enfim, retomou:

— Meu caro, suplico-lhe, não faça intervir aqui uma questão de nacionalismo. Em África, por onde viajei, os Europeus persuadiram-se de que este vício é admitido; a ocasião, e a beleza da raça ajudando, ali lhe dão mais livre curso do que no seu país de origem; isto faz com que, por sua vez, os muçulmanos fiquem convencidos de que estes gostos vêm da Europa...

— Deixe-me acreditar, no entanto, que o exemplo e a prática desempenham o seu papel; e as leis da imitação...

— Você não se deu conta de que elas actuam igualmente no outro sentido? Lembre-se da frase profunda de La Rochefoucauld: «Há pessoas que nunca teriam amado se não tivessem ouvido falar do amor.»([iv]) — Lembre-se de que na nossa sociedade, nos nossos costumes, tudo predestina um sexo ao outro; tudo ensina a heterossexualidade, tudo a ela convida, tudo a provoca: teatro, livro, jornal, exemplo ostensivo dos mais velhos, cortejos de salão, de rua. «Se não ficamos apaixonados com tudo isto, é porque fomos mal-educados», exclama jocosamente o filho de Dumas no prefácio de *La Question d'Argent*([v]). Pois quê!, se o adolescente cede, enfim, a tal cumplicidade ambiente, você não quer supor que o conselho tenha guiado a sua escolha, que a pressão

([1]) «Se há vício ou doença que repugne à mentalidade francesa, à moralidade francesa, à saúde francesa, é, de facto, para chamar as coisas pelo nome, a pederastia.» (Ernest-Charles([iii]), *Grande Revue*, 25 de Julho de 1910, p. 399)

tenha inclinado, no sentido prescrito, o seu desejo! Mas se, apesar dos conselhos, dos convites e de provocações de toda a espécie, é uma inclinação homossexual que ele manifesta, logo se lhe incrimina tal leitura, tal influência (e aplica-se o mesmo raciocínio a todo um país, a todo um povo); é um gosto adquirido, afirma você; foi-lhe ensinado, com certeza; não admite que ele possa tê-lo inventado sozinho.

— Não admito que ele possa tê-lo inventado se for são, precisamente porque não reconheço esse gosto como espontâneo senão nos invertidos, nos degenerados ou nos doentes.

— Ah, pois!, eis aí esse gosto, essa inclinação que todos escondem e que todos contrariam, que não tem permissão para se mostrar nem nas artes, nem nos livros, nem na vida, que cai nas malhas da lei assim que se afirma, e que você logo prega a um pelourinho de infâmia, sujeito às graçolas, aos insultos, ao desprezo quase universal...

— Acalme-se! Acalme-se! O seu uranista é um grande inventor.

— Não digo que ele invente sempre; mas digo que, quando imita, é porque tem vontade de imitar; que o exemplo anima o seu gosto secreto.

— Decididamente, você teima que esse gosto seja inato.

— Muito simplesmente o constato... E permita-me observar que esse gosto, além do mais, não se pode de maneira nenhuma herdar, por esta especiosa razão, que é o próprio acto que pudesse transmiti-lo, ser necessariamente um acto de heterossexualidade...

— É uma tirada engenhosa.

— Admita que é preciso que este apetite seja bem forte, bem irrepreensível, bem entranhado na própria carne, digamos o termo: bem *natural*, para resistir ao ultraje, e nem com isso consentir, enfim, a desaparecer. Parece-se, diga-me se não acha, com um jorro contínuo que, com grande dificuldade, se cobre num dado ponto para ressurgir um pouco adiante, e cuja nascente não se consegue secar. Seviciem, bem podem tentar! Comprimam! Oprimam! Nunca hão-de suprimi-lo.

— Concordo que, nestes últimos anos, os casos assinalados pela imprensa se tornaram deploravelmente frequentes.

— Quer dizer que, no seguimento de alguns processos famosos, os jornais tomam a iniciativa e o hábito de falar disso. A homossexualidade aparece com mais ou menos frequência consoante aflore mais ou menos à luz do dia. A verdade é que este instinto, que você chama de «contranatura», sempre existiu, mais ou menos com a mesma força, em todos os tempos e em permanência, e em toda a parte — como todos os apetites naturais.

— Repita-me a frase de Pascal: «todos os gostos estão na natureza...»

— «Talvez a natureza não seja assim tão uniforme. É, portanto, o hábito que faz isso, pois ele constrange a natureza; e algumas vezes a natureza sobressai e retém o homem no seu instinto...»

— Começo a compreendê-lo melhor. Mas, tendo isso em conta, terá de considerar naturais, do mesmo modo, o sadismo, o instinto de crueldade, de homicídio, até os instintos mais raros, os piores... E ficará tudo na mesma.

— Creio, com efeito, que não há nenhum instinto que não possa autorizar-se de algum hábito animal. Os felinos não gostam do amor sem misturar dentadas às carícias. Mas aqui já saímos do assunto; tanto mais que, creio eu, e por razões bastante fáceis de deslindar, o sadismo acompanha mais facilmente a heterossexualidade do que o uranismo...

Digamos, para simplificar, se quiser, que há instintos sociais e instintos anti-sociais. Se a pederastia é um instinto anti-social, é o que examino na segunda e terceira partes do meu livro; permita-me diferir a questão. Preciso, em primeiro lugar, não só de constatar e reconhecer a homossexualidade como natural mas também de tentar explicar e compreender a sua razão de ser. Talvez estas poucas observações preliminares não fossem de mais, pois, e desde já o aviso: o que estou prestes a formular não é nada menos do que uma nova teoria do amor.

— Irra! Realmente, será que a antiga não lhe bastava?

— Aparentemente, não, já que ela tende a fazer da pederastia um desígnio «contranatura»... Vivemos enterrados até aos olhos e ao cérebro numa teoria do amor muito velha, muito comum, e que já não pensamos em discutir; essa teoria penetrou bem fundo na história natural, deturpou imensas teorias, perverteu imensas observações; receio ter dificuldade em afastá-lo dela durante alguns instantes de conversa...

— Tente na mesma.

— Até porque tudo o que estou prestes a dizer-lhe depende disso.

II

Ele deu alguns passos até à estante, na qual se encostou.

— Já muito se escreveu sobre o amor; mas os teóricos do amor são raros. Na verdade, desde Platão e os convivas do seu *Banquete* que não reconheço outro senão Schopenhauer([vi]).

— O Sr. Gourmont([vii]) escreveu recentemente sobre a matéria...

— Admiro-me que uma mente tão perspicaz não tenha sabido denunciar esse último refúgio do misticismo; que o seu cepticismo inveterado não se tenha deixado melindrar com o que aquela teoria que faz do amor o sonho de toda a natureza, do desejo do acasalamento o impulso secreto da vida, implica de finalidade metafísica. Admiro-me, enfim, que aquela mente, por vezes engenhosa, não tenha conseguido alcançar desde logo as conclusões que estou prestes a dizer-lhe. O seu livro sobre a *física do amor* é inspirado pelo único propósito de relegar o amor do homem ao nível do acasalamento animal, propósito a que eu chamaria zoomórfico, digno contrapeso do antropomorfismo capaz de encontrar os gostos e as paixões do homem por toda a parte.

— E se você partilhasse a sua nova teoria?

— Dir-lha-ei sem mais, em primeiro lugar, na sua forma mais monstruosa e paradoxal. Dar-lhe-emos em seguida alguns retoques. Ora aqui vai: o amor é todo ele uma invenção humana; o amor, na natureza, não existe.

— Você quer dizer, com o Sr. Gourmont, que aquilo a que chamamos *amor* não é, de ponta a ponta, senão um instinto sexual mais ou menos bem dissimulado. Isso pode não ser muito exacto, mas com toda a certeza que não é novo!

— Não, não! Digo que aqueles antiteístas que pretendem substituir Deus por esse ídolo enorme a que chamam «o instinto universal de reprodução» estão redondamente enganados. O que o Sr. Gourmont nos propõe é uma *alfísica* do amor. Já eu, defendo que esse famoso «instinto sexual» que precipita irresistivelmente um sexo para o outro é da sua lavra, que esse instinto não existe.

— Não espere intimidar-me com o seu tom peremptório. Que pode significar essa negação do instinto sexual, agora que a própria teoria do instinto, nas suas formas mais gerais, está a ser novamente posta em causa e em questão por Loeb, Bohn([viii]), etc.?

— Não presumia que conhecesse os minuciosos trabalhos desses senhores.

— Admito que não os li todos.

— De qualquer modo, não era a um especialista que eu me dirigia, mas a si, em quem adivinho uma certa ignorância em matéria de história natural... Oh!, não se defenda: essa ignorância é comum a muitos homens de letras. Não podendo subtilizar, e sem pretender expor em poucas frases os limites, aliás bastante incertos, aos quais convém acantonar o termo «instinto», e sabendo que agrada a alguns ver na expressão «instinto sexual» uma força imperativa, categórica e precisa, agindo, como qualquer outro instinto, com a evidência de um mecanismo infalível([2]), e ao qual, diz o Sr. Gourmont, «a obediência é inelutável», digo-lhe com segurança: não, esse instinto não existe.

([2]) «(...) Se o sistema nervoso é centralizado, como nos gorgulhos([ix]), a sua inimiga, a vespa, não dá mais do que uma punhalada; se os movimentos dependem de três gânglios, ele dá três punhaladas; se tem nove gânglios, dá nove punhaladas; assim faz a amófila eriçada, quando precisa, para as suas larvas, da lagarta da falena, chamada vulgarmente de verme cinzento; se uma ferroada no gânglio cervical. parece demasiado perigosa, a caçadora limita-se a mascá-lo suavemente, para o levar ao grau necessário de imobilidade.», etc. (por exemplo, Remy de Gourmont, *loc. cit.*, p. 258; de acordo com as observações de J.-H. Fabre. *V.* a excelente crítica desta mitologia, por Marchal; registada por Bohn, *La Nouvelle Psychologie Animale*, pp. 101–104). Quase todo este diálogo foi escrito no Verão de 1908; a *La Nouvelle Psychologie Animale* de Bohn ainda não tinha sido publicada e eu ainda não tinha tomado conhecimento da dissertação de Max Weiler, *Sur la Modification des Instincts Sociaux* (1907), cujas teorias se aproximam muito desta que exponho aqui.

— Vejo que joga com as palavras. «Na realidade», diz muito acertadamente o seu Bohn, num pequeno livro acabadinho de sair, «o perigo não está em servirmo-nos do termo "instinto", mas sim em não sabermos o que pode haver por trás desse termo, e em servirmo-nos dele como de uma explicação.» ([3]) De acordo. Você reconhece, mesmo assim, o instinto sexual e, com certeza, nem pode fazer de outra maneira; simplesmente nega que esse instinto tenha a tal precisão automática que alguns lhe atribuem.

— E que naturalmente vai perdendo cada vez mais, à medida que vamos subindo na escala animal.

— De modo que, dirá você, nunca é mais indeciso do que no homem.

— Não falaremos do homem hoje.

— Preciso ou não, esse instinto transmitiu-se; ele desempenhou um papel e nele se mostrou suficiente.

— Sim: suficiente... Isso mesmo.

Ele estacou; apoiou a fronte na mão; parecia, por alguns instantes, procurar pôr as ideias em ordem; depois, levantando a cabeça, retomou:

— Por essa expressão, «instinto sexual», você compreende um feixe de automatismos, ou, pelo menos, de tendências ligadas de forma bastante sólida nas espécies inferiores, mas que, enquanto se sobe os degraus da escala animal, se dissociam cada vez mais fácil e frequentemente.

Para manter em feixe essas tendências, serão frequentemente necessárias certas concomitâncias, certas conivências, certas cumplicidades de que lhe falarei em seguida — e sem o concurso das quais o feixe se desfaz, deixando que se baralhem

([3]) Bohn, *loc. cit.*, p. 121.

as tendências. Esse instinto não é homogéneo, se o posso dizer assim; pois a volúpia que, em ambos os sexos, o gesto da fecundação desencadeia não está, como sabe, necessária e exclusivamente ligada a esse gesto.

Que, no decurso da evolução, o prazer preceda a tendência ou se lhe siga, isso é o que menos importa, por enquanto. Reconheço de bom grado que o prazer acompanhe cada acto em que se afirme a actividade vital, de modo que, no acto sexual, por onde se opera, ao mesmo tempo, o maior investimento e a perpetuação da vida, o prazer atinja o orgasmo... E talvez a tarefa da criação, tão custosa para o indivíduo, não fosse obtida sem essa insigne recompensa — mas o prazer não está de tal forma ligado à sua finalidade que não se possa dissociar dela([4]), que não se emancipe facilmente. A volúpia é desde logo procurada por si mesma, sem a preocupação de fecundar. Não é a fecundação o que o animal procura, é simplesmente a volúpia. Ele procura a volúpia — e encontra a fecundação por acaso.

— Sem dúvida que não seria preciso menos do que um uranista para descobrir essa bela verdade.

— Talvez, com efeito, fosse preciso alguém a quem incomodasse a teoria dominante. Repare, peço-lhe, que Schopenhauer e Platão compreenderam que deviam, nas suas teorias, ter em conta o uranismo; nem podiam fazer de outra maneira; Platão dá-lhe mesmo tanta atenção que eu compreendo que você fique alarmado; quanto a Schopenhauer, cuja teoria prevalece, não o considera senão como uma matéria de excepção à regra, excepção que ele explica especiosa, mas inexactamente, como lhe mostrarei de seguida. Em biologia, tal como em física,

([4]) Pelo menos nas espécies ditas «superiores».

confesso-lhe que as *excepções* me dão medo; a minha mente tropeça nelas, compreende mal uma lei natural que só engloba sob reservas, uma lei que permite, que obriga a escapar.

— De modo que o *outlaw* que você é...

— ... pode aceitar ser posto na lista negra, infamado pelas leis humanas, os hábitos do seu tempo e do seu país; mas nunca viver à margem da natureza; por definição, isso não pode acontecer; se há margens aqui, é porque se estabeleceu a norma demasiado cedo.

— E para sua comodidade particular, você estabelece a norma aquém, e não além do amor. Perfeito! Pode-se perguntar sem impertinência se imaginou tudo isso sozinho?

— Tive alguma ajuda. A leitura de Lester Ward([x]), por exemplo, despertou a minha ideia; ou, antes, ajudou muito a precisá-la. Não tenha receio: eu vou explicar-me; e espero mostrar-lhe, enfim, que a minha teoria não só não tem nada de subversivo como até confere, ou devolve, ao Amor aquela dignidade eminente que o Sr. Gourmont gostava de lhe tirar.

— Cada vez melhor! Estou à escuta... Mas dizia você: a leitura de...?

— Lester Ward é um economista e biólogo americano, defensor da teoria ginocêntrica. Falar-lhe-ei primeiro das suas ideias; com ele, mas independentemente dele, entramos no cerne da questão.

III

O androcentrismo, ao qual Lester Ward opõe o seu ginocentrismo, não chega bem a ser uma teoria, ou, a ser uma, é mais ou menos inconsciente; o androcentrismo é a prática, vulgarmente seguida pelos naturalistas, que consiste em considerar o macho como o representante tipo de cada espécie animal, em pô-lo em primeiro plano nas descrições que se fazem de cada espécie, em fazer a fêmea passar apenas em segundo lugar.

Ora, Lester Ward parte do princípio de que, quando necessário, a Natureza podia até passar sem o macho.

— É muito amável.

— Encontrei em Bergson([xi]), que eu sei que você admira, uma frase que responde à sua interjeição: «A geração sexuada», diz ele na sua *Evolução Criadora*, não é, «talvez, senão um luxo para a planta.» (p. 130) Já a fêmea é indispensável. «O elemento masculino», diz Lester Ward, «foi introduzido num certo estádio (...) com o único objectivo», acrescenta sagazmente, «de assegurar o crescimento dos germes hereditários. A criação do elemento masculino foi o primeiro jogo, o primeiro desporto da natureza.»

— Enfim, desporto ou castigo, o macho aí está; onde pretende relegá-lo o seu ginocentrismo?

— Forçoso é que eu considere as ideias de Ward por todos os lados ao mesmo tempo. Olhe!, creio que esta passagem o esclarecerá quanto ao porquê desta teoria.

Pegou num papel e leu: «A cor normal dos pássaros é a dos seus pequenos e da fêmea; a cor do macho é o resultado da sua excessiva variabilidade. As fêmeas não podem variar assim, elas representam o centro de gravidade do sistema biológico. Elas são esse "poder obstinado de permanência" de que fala Goethe. A fêmea não só é o tipo da raça, mas mais ainda, metáforas à parte, ela é a raça.»([5])

([5]) Lester Ward, *Sociologie Pure*, volume II, p. 28 (tradução francesa de René Worms).

— Não vejo aí nada de realmente espantoso.

— Escute outra passagem: «A mudança, ou o progresso, como se pode chamar-lhe, produziu-se exclusivamente no macho, sendo que a fêmea não sofreu modificações. É por isso que se diz frequentemente que a fêmea[xii] representa a hereditariedade e o macho a variação.» E Ward cita a frase de W. K. Brooks que aqui está: «O óvulo é o meio material pelo qual a lei da hereditariedade se manifesta, ao passo que o elemento masculino é o veículo pelo qual novas variações são introduzidas.»[6] Desculpe o estilo: não sou eu o responsável.

— Prossiga na mesma! Não presto atenção a isso, desde que o que se diz me interesse.

— Ward pretende inferir de tudo isto a superioridade do elemento feminino. «A ideia de que o sexo feminino é, de facto, naturalmente, o sexo superior parece incrível», escreve ele, «e só os mais liberais[xiii] e emancipados, possuindo sérios conhecimentos de biologia, são capazes de dar conta disso.» Deixemo-lo falar. Se eu me recuso a «dar-me conta» disso, é porque a ideia de superioridade me parece pouco filosófica. Basta-me compreender bem esta diferenciação dos papéis, e suponho que você a compreende como eu.

— Continue.

— Para sustentar aquilo que avança, Ward empreende uma espécie de história do elemento masculino nas espécies animais através dos diversos graus da sua evolução. Se me permitir, vamos segui-lo um instante. Ele retrata esse elemento, a princípio duvidoso, mal diferenciado, no hermafroditismo dos celenterados; depois, distinto, mas minúsculo parasita de uma fêmea cinquenta ou cem vezes maior, pregado a ela, e

---

[6] *Loc. cit.*

que ela carrega como simples instrumento de fecundação, à maneira de algumas mulheres selvagens que ostentam um falo pendurado ao pescoço.

Não tendo até então ouvido falar dessas monstruosidades, admirei-me:

— Isso é a sério, essa história natural? O seu Ward é rebuscado; podemos acreditar na sua palavra?

Ele levantou-se e dirigiu-se à estante:

— Estas espécies animais e os seus costumes são conhecidos desde há muito. O autor de Peter Schlemihl, o delicado Chamisso, foi um dos primeiros a ocupar-se deles. E eis aqui dois volumes de Darwin([xiv]), que datam de 1854, inteiramente dedicados ao estudo dos cirrípedes, ordem de animais que durante muito tempo não se separou da dos moluscos; os cirrípedes são, na maior parte, hermafroditas, mas, mesmo assim, de acordo com Darwin, existem em alguns destes géneros machos anões, extraordinariamente simplificados, a ponto de não serem mais do que o estritamente necessário para a sua função: porta-semente, sem boca alguma nem aparelho digestivo; encontramos dois, três ou quatro para cada fêmea. Darwin chama-lhes «machos complementares». São igualmente frequentes em certos géneros de crustáceos parasitas. Veja — disse-me, abrindo uma enciclopédia de zoologia —, isto representa a hedionda fêmea do *chondracanthus gibbosus*, com o seu macho anão fixado nela...

Mas só vou reter destes estudos aquilo que pode instruir a minha teoria. Neste livro em que a apresento, mostro que o elemento masculino, começando por ser, todo ele, complementar, guarda em si, e tende a guardar cada vez mais, matéria disponível, inutilizada para o proveito da espécie, modificável consoante o indivíduo — matéria para variações.

— Já não o sigo; está a ir muito depressa.

Lester Ward vai ajudá-lo: «Nas ordens inferiores», observa ele, «um excesso do número de machos sobre o das fêmeas é o estado normal.» — Sim, mas da minha parte observo isto: que nessas espécies inferiores em que predomina o número de machos, o macho não tem outro fim senão o da tal procriação; que nela acaba por expirar sem mais. O *luxo* estava então no número de indivíduos, posto que, para fecundar uma fêmea, um único macho bastava; logo aqui encontrávamos desperdício, excesso e, sob a forma de indivíduos, matéria inutilizada para o proveito da espécie; luxo, gratuidade. À medida que, na escala animal, o número dos indivíduos machos, proporcionalmente ao das fêmeas, se reduz, essa gratuidade e esse luxo concentram-se: o indivíduo realiza-os em si. O postulado de Ward permanece o mesmo: «Importa que nenhuma fêmea arrisque ficar por fecundar.» Daí a superprodução constante(7) do elemento masculino — superprodução de machos e superprodução de matéria seminal. Mas enquanto a fêmea, nem que seja com um só ovo, é monopolizada pela raça uma vez consumada a fecundação, o macho permanece disponível, rico de uma força de que vai em breve usufruir.

— Terá, porventura, necessidade dessa força para proteger a raça e prover as necessidades da fêmea enquanto a preocupação da raça a imobiliza?

— Permita-me que volte a chamar Ward em nosso auxílio: «Nada é mais falso», escreve ele, «do que essa opinião muitas vezes repetida, sob a inspiração da teoria androcêntrica, de

(7) Ou quase constante: veremos, no fim deste diálogo, certas espécies que, parecendo escapar a esta lei, confirmam precisamente a minha teoria.

que os machos ditos "superiores" dedicam essa força novamente adquirida a proteger e a nutrir a fêmea e as crias.» Seguem-se uns exemplos. Vai querê-los?

— Depois empresta-me o livro. Avancemos.

— Mais devagar. O terreno ainda não foi desbravado.

Voltou a pôr os dois volumes de Darwin no lugar, veio sentar-se de novo e, já mais calmo, retomou:

— *Importa que nenhuma fêmea fique por fecundar*; sim!, mas um só macho basta para fecundar uma fêmea; que digo eu!, um só jacto de licor, um só espermatozóide basta! Ora, por toda a parte, o elemento masculino domina. Ora, o número de machos domina, por mais que o macho se esgote na procriação; ora, à medida que o número proporcional de machos se restringe, cada macho torna-se capaz de fecundar um maior número de fêmeas. Que mistério admirável é este? Antes de estudar a sua causa, são as consequências que eu queria mostrar-lhe.

IV

O primeiro resultado, nas espécies inferiores, o resultado fatal, é que, se a fêmea (como acontece, já o dissemos, por exemplo, nos cirrípedes) não se deixa habitar por vários machos ao mesmo tempo (e, mesmo assim, só alberga uma parte derrisoriamente insuficiente, e acasala com um só), o resultado necessário é que aparece um número considerável de machos que não conhecerão o amor... O que é normal, para quem o coito é interdito; número consideravelmente maior do que o dos machos que poderão «normalmente» satisfazer-se.

— Passemos já para as espécies nas quais a proporção de machos diminui.

— Para estes, o poder procriador aumenta, e o problema, em vez de se pôr à massa, coloca-se ao indivíduo. Mas o problema permanece o mesmo: excesso de matéria procriadora; mais semente, infinitamente mais, do que campo a semear.

— Temo que você esteja a cair ingenuamente na cantiga dos neomalthusianos(xv): os machos copularão várias vezes com a mesma fêmea; vários machos com uma fêmea...

— Mas a fêmea, normalmente, logo após a fecundação, fica quieta.

— Vejo que está a falar dos animais.

— Nas espécies domésticas, a solução é simples: guarda-se um garanhão por manada, um galo por capoeira e os restantes machos são castrados. Já a Natureza não castra. Veja, nos castrados, aquele inútil e deselegante inchaço que vão formar os tecidos de reserva: bois e capões já não nos servem senão na mesa. A castração faz do macho uma forma de fêmea: ele vai adoptar o tipo feminino, ou, para dizer melhor, vai guardá-lo. Ora, ao passo que, na fêmea, essa matéria de reserva é desde logo empregado na raça, que é então feito dela no macho não castrado? Matéria para variações. Eis a chave, creio, daquilo a que se chama *dimorfismo sexual*, que, em praticamente todas as espécies ditas «superiores», faz do macho uma criatura de parada, de canto, de arte, de desporto ou de inteligência — de jogo.

Assinalei em Bergson — continuou, folheando os seus papéis — uma notável passagem que, parece-me, pode esclarecer ainda melhor a questão... Ah! Aqui está: trata-se da oposição das duas ordens de fenómenos que se constatam nos tecidos vivos, *anagénese* de uma parte, *catagénese* de outra parte. «O papel das energias anagenéticas», diz ele, «é elevar as energias inferiores ao seu próprio nível pela assimilação de substâncias inorgânicas. Elas constroem os tecidos. Pelo contrário...»(xvi) Para a catagénese, a definição é menos impressionante!, mas você já compreendeu: anagenético é o papel da fêmea!, catagenético é o papel do macho. A castração, ao fazer triunfar no macho uma força anagenética sem utilidade, mostra como a despesa gratuita lhe é natural.

— Porém, esse excedente de elemento nos machos não castrados só pode oferecer matéria para variações à condição, penso, de não ser gasto para fora. Quero dizer: essa variação estará, sem dúvida, em relação directa com a maior ou menor castidade do indivíduo.

— Não creio que seja preciso procurarmos aqui uma moralidade. Os mais instruídos zootécnicos limitam a despesa do garanhão a uma cobrição por dia; mas, ainda que este se esgotasse desde a mais tenra idade num número de investidas desregradas, perderia porventura o vigor, mas nem por isso algum dos caracteres do seu dimorfismo.(8) Inibida no animal castrado, a força catagenética leva a melhor no macho inteiro.

— Estava a pensar nos tenores que comprometem o amor em prol das suas notas extremas...

— No máximo, pode dizer-se que os caracteres dimórficos só atingem a sua maior amplitude, nas espécies ditas «superiores», quando a despesa seminal é reduzida ao mínimo. A castidade, por outro lado, não é de grande proveito para a fêmea; nenhuma força catagenética encontrará jamais matéria para variações naquilo que ela subtrai à raça... Olha!

(8) Este dimorfismo é muito pouco sensível nos equídeos; mas o que aqui digo aplica-se igualmente a qualquer outra família.

Ao lado da minha citação de Bergson, encontrei uma passagem extraída do discurso de Perrier(xvii) na sessão anual das cinco Academias de 1905. Não diz nada de muito particular, mas...

— Queira ler.

— «(...) Se os ovos podem apoderar-se das reservas, nos animais inferiores, com uma avidez tal que destroem o ser do qual nasceram, compreende-se que eles se oponham a todo o desenvolvimento inútil nos animais superiores, e é por isso que o sexo feminino mantém com tanta frequência a pelagem dos jovens indivíduos, que o outro sexo apenas atravessa. Tudo isto se coordena, assim, perfeitamente.»

— Anagénese.

— «Tudo parece, pelo contrário, contraste, contradição, paradoxo quando se trata do sexo masculino. Porém, este sexo tem, também ele, a sua característica. Aqueles adornos brilhantes, aqueles prestigiosos meios de sedução não são, em suma, mais do que uma montra de partes mortas, o sinal de uma despesa desconsiderada, de uma prodigalidade desmesurada do organismo, a marca de um temperamento que exterioriza, mas não conhece a economia.»

— Catagénese! Oh! Catagénese, à viva força!...

— «As sumptuosas cores das borboletas têm por base as diminutas escamas, elegantes, porventura, mas sem qualquer vida... As cores dos pássaros desenvolvem-se nas penas, que estão completamente mortas, etc.» Não posso ler-lhe todo o discurso.

— Eh! Não é assim que a eflorescência da escultura e da pintura, da arte, enfim, se desenvolve naquelas partes dos templos gregos e das catedrais que, precisamente, haviam deixado de ser úteis?

— Sim, é assim que se explica a formação dos tríglifos e das métopas, por exemplo. Poderíamos dizer que só pode ser submetido à finalidade estética aquilo que escapa à submissão utilitária. Não insistamos mais, senão distraímo-nos.

«O sexo feminino», conclui Perrier, «é, de certo modo, portanto, o sexo da previdência fisiológica; o sexo masculino, o da despesa luxuosa, mas improdutiva...»

— Não é aqui que a selecção intervém? Darwin não nos ensina que, tal como o canto dos rouxinóis, essas belas cores, essas formas surpreendentes só estão lá para atrair a fêmea?

— Aqui, volto a socorrer-me de Ward. Desculpe tantas citações, mas a teoria em que me aventuro é arrojada, e eu quero acautelar-me com alguns pontos de apoio: «A fêmea é a guardiã das qualidades hereditárias. A variação pode ser excessiva... Ela precisa de ser regulada. A fêmea([xviii]) é o balancim da natureza...»

E noutra parte: «Ao passo que a voz da Natureza, falando ao macho sob a forma de um vivo interesse apetitivo, lhe diz "fecunda!", ela dá à fêmea uma ordem diferente e diz-lhe "escolhe!"»

Para dizer a verdade, desconfio desta «voz da natureza». Banir Deus da criação e substituí-lo por *vozes*, que grande avanço! Esta eloquente Natureza tem para mim a mesma cara daquela que tinha «horror ao vazio»([xix]). Esta espécie de misticismo científico parece-me, de longe, ainda mais nefasta à ciência do que a religião... Não importa! Tomemos o termo «voz» no sentido mais metafórico, continuarei a negar que essa voz diga «fecunda» ao macho e «escolhe» à fêmea. Ela simplesmente diz, tanto a um como ao outro sexo, «goza»; é a *voz* da glândula que pede para ser aliviada, dos órgãos que reclamam emprego — órgãos que estão bem conformados com o que a sua precisa função exige, mas que só a necessidade da volúpia guiará. Nada mais.

Quanto à pretensa escolha da fêmea, é menos custoso, logicamente falando, admiti-la; mas, na maior parte do tempo, é o macho mais apto que a arrebata, e ela é, de facto, forçada a escolher — por eliminação.

Calou-se um instante, como que embaraçado; reacendeu o cigarro que tinha deixado apagar-se; depois:

— Examinámos sumariamente as consequências da superprodução do elemento masculino (e eu proponho voltar ao assunto na segunda parte do meu livro, que lhe apresentarei amanhã, se quiser); vamos, por agora, procurar a sua causa.

V

Chamo *prodigalidade* a toda a despesa fora de proporção com o resultado obtido. Algumas páginas do meu livro ocupar-se-ão, aqui, de uma maneira geral, da prodigalidade na Natureza. Prodigalidade nas formas; prodigalidade no número. Ocupemo-nos hoje apenas desta última. Excedente de ovos, para começar; depois, excesso de matéria seminal.

A grande dóris branca (uma espécie de lesma do mar) põe cerca de 600 000 ovos (calcula Darwin, acrescentando que acredita ter ficado muito abaixo da verdade). «No entanto», diz ele, «é certo que esta espécie de dóris não é comum, pois, ainda que eu estivesse constantemente ocupado a procurar debaixo das pedras, não vi mais do que sete.»([9]) Pois esta prodigalidade no número não implica, de modo algum, uma

([9]) *Voyage d'un Naturaliste*, p. 16.

grande difusão da espécie em favor da qual ela se exerce; parece, muitas vezes, pelo contrário, implicar uma *dificuldade de sucesso* proporcional à prodigalidade revelada. «Mas», diz Darwin mais adiante, «nenhum erro é mais corrente entre os naturalistas do que este, a saber: que o número de indivíduos de uma espécie depende da capacidade de propagação dessa espécie.»([10]) É permitido supor que, com umas centenas de ovos a menos, a espécie *Doris* ter-se-ia extinguido.

Darwin fala, noutro ponto, daquelas nuvens de pólen que o vento ergue das coníferas que sacode, «dessas espessas nuvens de pólen, para que somente alguns grãos possam cair ao acaso sobre os óvulos». Se atribuíssemos ao grão de pólen um instinto que o guiasse até ao óvulo, nada explicaria, nada desculparia tamanha profusão. Mas, talvez, com uma menor proporção do elemento masculino, o misterioso acto da fecundação estivesse por de mais sujeito à sorte.([11])

Será que o excesso mais ou menos constante do elemento masculino([12]) na natureza não encontra, então, a sua expli-

([10]) *Loc. cit.*

([11]) Veremos, no fim desta parte, que, se em algumas espécies o instinto se torna mais claro, logo a proporção do elemento masculino diminui.

([12]) «Os machos parecem infinitamente mais numerosos do que as fêmeas, e é provável que não haja mais do que um em cem que possa *levar a cabo o seu destino*» (!), reconhece o Sr. Gourmont (*Physique de l'amour*, p. 178), depois de ter contado, de acordo com Blanchard([xx]), «a história daquele naturalista que, tendo capturado e fechado na bolsa uma fêmea de bômbix, entrou em casa escoltado por uma nuvem de mais de duzentos machos». — «A presença de uma fêmea de grande-pavão--nocturno, engaiolada, pode atrair uma centena de machos», diz ele ainda (*ibidem*). V. Darwin, *Descendance de l'homme* («Da proporção dos sexos»). «Os machos, em certas espécies, podem tornar-se comuns ao ponto de quase todos permanecerem solteiros. Naquele pequeno e bonito

cação, a sua razão de ser, numa certa indecisão do instinto sexual (se é que me atrevo a emparelhar estes dois termos: «indecisão» e «instinto»)? Não iremos nós constatar daqui a pouco que a imperatividade deste instinto permanece um tanto ambígua? E não será a Natureza comparável a um atirador que, conhecendo a sua pouca habilidade, com grande receio de falhar o alvo, compensa a precisão do tiro com a abundância?

— Achava que não era um finalista.

— Com efeito, o *porquê* ocupa-me menos do que o *como*. Mas muitas vezes é complicado desembaraçar as duas questões. A natureza forma uma rede sem princípio nem fim, uma sucessão ininterrupta de elos sem ponta por onde se lhe pegue; e nada se torna mais problemático do que saber se cada uma das malhas encontra a sua razão de ser na que a precede ou na seguinte (se assim é, que ela tenha uma «razão de ser»), e se o livro inteiro da Natureza, para ser bem compreendido, não deve ser lido ao contrário — quero dizer, se a última página não é a explicação da primeira, o último elo o secreto motivo do início... O finalista é aquele que lê o livro ao contrário.

— Tenha dó, nada de metafísica!

— Quer o elo que precede? Dar-se-á por satisfeito se algum biólogo vier responder-lhe que a causa da superprodução dos machos está na insuficiência de comida? Isto depois de ter previamente provado... por exemplo: que o excesso de alimentos tende a produzir uma maior proporção de fêmeas

besouro, de um azul-prateado, que gosta de se erguer nas filipêndulas à beira das águas, e que apanhamos para o exibirmos como jóia (*Hoplia cerulca*), só se encontra uma fêmea para 800 machos; no besouro de Maio (*Rhizotrogus aestivus*), só há uma fêmea para 300 machos.» (Edmon Perrier, *Le Temps*, 1 de Agosto de 1912) (não sei, de resto, se isso está devidamente constatado)([13]), mas que esse excesso de alimentos nunca se encontra realizado no estado natural, ou, pelo menos, nunca por muito tempo; pois, suponha esse excesso, e que, de acordo com essa teoria, ele conduz a uma superprodução de fêmeas: ou um certo número de entre elas corria o risco de permanecer por fecundar (o que é contrário ao primeiro postulado de Ward); ou então, no caso de todas elas darem frutos, a partir da geração seguinte, a superprodução de indivíduos provocaria a insuficiência de alimento, que, por sua vez, provocaria uma maior proporção de machos; e, em duas gerações, o equilíbrio seria restabelecido. Pois, pode supor-se por princípio que, na Natureza, e sem a intervenção de causas dizimantes, nunca há

([13]) As mais interessantes observações a respeito do assunto são talvez as de Fabre sobre as *Osmia*([xxi]), que, segundo ele, decidem o sexo dos ovos que põem de acordo com a maior ou menor exiguidade do local de que dispõem para a larva que vai nascer. Quem não sabe, igualmente, que as abelhas criam à vontade rainhas, zangões ou obreiras, conforme a dimensão da célula que constroem para o ovo, e conforme o alimento que dão à larva? O macho é o *minus habens*. Anoto igualmente as observações de W. Kurz sobre os cladóceros (registadas por Claus). «Os machos aparecem em geral no Outono; podem também mostrar- se a todas as épocas do ano, de cada vez que, como foi demonstrado recentemente, no seguimento de modificações do meio ambiente, as condições biológicas se tornem "desfavoráveis"» (*Zoologie*, p. 636). O Sr. René Worms([xxii]), no seu notável estudo sobre *a sexualidade nos nascimentos franceses*, conclui que, contrariamente a um crescimento muito alargado, o excesso de nascimentos masculinos num povo é um sinal de pobreza; que esse excesso se reduz à medida que a riqueza aumenta e acaba, quando o bem-estar se generaliza, por dar lugar a um excesso de nascimentos femininos. «Há que reconhecer», acrescenta Edmond Perrier, que aqui cito, «que essa conclusão está absolutamente de acordo com a que eu próprio apresentei...» (Edmond Perrier, artigo do *Temps*, 1 de Agosto de 1912)

demasiado alimento, que há sempre o maior número de bocas possível comendo da mesma manjedoura. — Esta explicação agrada-lhe?

— Mesmo assim... Experimentemos o elo que se segue.

— Peguemos na cadeia pela outra ponta: se eu constato que o instinto sexual é insuficiente — sim: de uma precisão insuficiente para garantir a perpetuação da espécie, o excedente de machos pode ser considerado como uma precaução necessária...

— Digamos antes que as espécies em que o número de machos permaneceu insuficiente se extinguiram.

— Se quiser. Tendo feito o percurso em sentido inverso, finalistas e evolucionistas encontram-se neste mesmo ponto. O excedente de machos é necessário à perpetuação da raça *porque* o instinto sexual é insuficiente.

— É o ponto que falta demonstrar.

— Vamos daqui a pouco constatar a sua insuficiência na Natureza; mas, antes, queria procurar consigo as causas possíveis desta flagrante insuficiência e circunscrever o meu assunto. Avancemos passo a passo.

— Estou a segui-lo. Dizia, portanto: com uma mínima proporção do elemento masculino, o acto da fecundação teria permanecido por de mais sujeito à sorte...

— Continua a ser uma tarefa arrojada. Temos dois elementos: macho e fêmea, que se devem conjuntar; e isto sem outro argumento senão o da volúpia. Mas, para consumar a volúpia, esta conjunção dos dois sexos não é indispensável. Sem dúvida que o macho é necessário para fecundar a fêmea, mas a fêmea não é indispensável para dar contentamento ao macho. E aquele famoso «instinto sexual» pode bem ditar ao animal o automatismo pelo qual se obtém a volúpia, mas a sua indicação é tão flutuante que, para obter ao mesmo tempo a procriação, a Natureza deverá recorrer, por vezes, a manhas tão subtis como as da aventurosa fecundação das orquídeas.([xxiii])

— Fala de novo como um finalista.

— Permita-me: a criação aí está; eu não sei se poderia não estar; mas *está*. Trata-se apenas de a explicar com o menor custo possível. Diante de nós, temos raças de seres que a reprodução perpetua, que não podem reproduzir-se senão pela fecundação. É, digo eu, uma tarefa difícil; a partida fica perigosamente comprometida e a eventualidade de infortúnio é tão temível que aquele excedente de machos era porventura necessário para precaver o número de fiascos.

— Bem vê que a *intenção* da Natureza reaparece.

— A minha metáfora enganou-o. Talvez haja um Deus; não há *intenção* na Natureza; quero dizer que, se há intenção, não pode ser senão de Deus. Não há intenção na volúpia, que, por si só, convida ao gesto pelo qual a procriação será possível; mas tenha ou não precedido ou seguido a tendência, ela emancipa-se, digo-lhe eu, não vê mais nada além dela e é suficiente.([14])

Não era Chamfort que reduzia o amor ao «contacto de duas epidermes»([xxv])?

([14]) Do mesmo modo, não há, talvez, desporto para o macho que, depois de ter desempenhado o seu papel na selecção, não se emancipe e não encontre em si mesmo a sua finalidade. Recordarei aqui o que Fabre dizia dos Locustídeos([xxiv]), e que teria podido dizer igualmente bem dos pássaros: «Qual é o objectivo daquele aparelho sonoro? Não vou ao ponto de lhe recusar um papel na formação de casais. Mas a sua função fundamental não é essa. Antes de tudo, o insecto utiliza-o para dizer a sua alegria de viver, para cantar as delícias da existência...»

— E à «troca de duas fantasias».

— Deixemos para o homem a fantasia; para os animais apenas a volúpia do contacto.

— Irá você ao ponto de dizer que o instinto sexual se reduz a isso?

— Não!, mas que, sem o auxílio de expedientes de que vou falar daqui a pouco, ele não é certo — assim como você dizia por gracejo —, não está sempre assegurado que o macho tenha escolhido a fêmea e obtido a fecundação. Estou a dizer que temos aqui uma tarefa árdua, e a Natureza não a alcançará sem a intervenção de adjuvantes.

VI

Demasiado nova para o meu gosto, a princípio, esta teoria tinha-me deixado desarmado; mas logo me recompondo:

— Pois claro! Você está a brincar! Que não há instinto sexual, Córidon! É verdade que eu não sou muito versado em história natural, e reconheço que sou pouco dado à observação, mas, no campo, onde passo os meses de Outono a caçar, já vi cães vindos da aldeia vizinha, a mais de um quilómetro de distância, passar a noite inteira à minha cerca, ladrando apaixonadamente à minha cadela...

— Isso deve incomodar-lhe bastante o sono.

— Felizmente, só dura uns tempos.

— Ora bem! Porquê?

— A minha cadela, graças a Deus, não anda muito tempo afogueada.

Arrependi-me de imediato da minha frase, pois, ao ouvi-la, ele ficou com um ar malicioso que me fez medo. Mas já me avançara demasiado para não continuar a responder quando ele continuou:

— Esse estado dura...?

— Cerca de uma semana.

— E acontece?

— Duas vezes por ano, talvez três...

— E fora dessas épocas?

— Córidon, você faz-me perder a paciência! Que quer que eu diga?

— Que noutro tempo os cães deixam a cadela sossegada, o que você sabe tão bem como eu. Que fora da época de acasalamento não é possível fazer cobrir uma cadela por um cão (o que já não é assim tão fácil no tempo propício, diga-se de passagem) — primeiro, porque a cadela se recusa, depois, porque o macho não sente qualquer desejo por ela.([15])

— Eh!, e isso não acontece precisamente porque, nesses momentos, o instinto sexual os avisa de que a fecundação não pode ter lugar?

— Ora aí estão uns animais bem informados! E é, porventura, por virtude que os seus sábios cães se abstêm em tempos normais?

— Muitos são os animais que só praticam o amor no tempo do cio.

— Quer dizer: cujas fêmeas só praticam o amor... Pois se há, poeticamente falando, uma estação do amor, não há, em bom rigor, épocas para os machos (especialmente para os

([15]) «Aqui, *como sempre, nos animais*, o acasalamento só tem lugar quando as fêmeas estão no cio. De outro modo, elas não toleram a aproximação do macho.» (Sanson([xxvi]), *Zootechnie*, «Lutte des Ovidés», II, p. 181)

cães, de que nos ocupamos presentemente, e geralmente para os animais domésticos, que ligam muito pouco às estações). Para o macho, toda a época é boa; para a fêmea, apenas a do acasalamento. E o macho só então a deseja.([16]) Isso não acontece porque aquilo que atrai o macho é o odor que a fêmea emana?([17]) Não seria esse cheiro, e não propriamente a sua cadela, que fazia com que os cães de olfacto subtil acorressem da aldeia vizinha, e o que os mantinha em alerta, ainda que não pudessem aproximar-se...?

— É um e o outro; um com o outro; e como o cheiro não existiria sem a cadela...

— Mas se, porém, depois de termos constatado que a cadela não excita o cão sem esse cheiro, constatarmos que esse cheiro excita o cão independentemente da cadela, não teremos feito uma espécie de *experimentum crucis* que satisfaria Bacon([xxvii])?

— Que experiência disparatada está você a propor?

— Aquela que Rabelais nos conta obscenamente, quero dizer, com precisão, no livro segundo do seu Pantagruel (capítulo XXII). Aí lemos que Panurgo, para se vingar dos rigores de uma dama, se apropria de uma cadela, destripa-a,

([16]) «O instinto genesíaco, no macho, desperta em qualquer momento, apenas, sob a influência do cheiro que a fêmea exala no cio; na fêmea, ele só se manifesta, normalmente, em épocas fixas e sob a influência intrínseca do trabalho de ovulação e de postura, de que os seus próprios ovários são o centro. Além do mais, quando tenha sido fecundada, o mesmo instinto adormece durante todo o tempo da gestação e uma parte do tempo de amamentação do jovem ou dos jovens, o que, na maior parte das nossas fêmeas domésticas, equivale a um ano.» (Sanson, II, p. 87)

([17]) «Maior actividade das glândulas vaginais, cujo produto de secreção exala um odor particular, que o faro do macho não deixa de reconhecer.» (Sanson, V, pp. 181–182)

arranca-lhe os ovários e, depois de bem triturados, faz com eles uma espécie de unguento, que espalha pelo vestido da cruel dama. Aqui, cedo a palavra a Rabelais.

E, tendo-se levantado, Córidon foi procurar na estante o livro, do qual me leu esta passagem(xxviii):

. . . .

. . . .

. . . .

— Devemos ver nisso mais e melhor do que uma fantasia?

— Que, sem dúvida, não bastaria para nos convencer — retomou —, mas a natureza propõe-nos sem cessar outros exemplos igualmente probantes([18]): aquele cheiro, para os sentidos do animal, é tão forte, tão perturbador que extravasa o papel que a sexualidade lhe atribui (se me atrevo a exprimir-me assim) e excita, como um simples afrodisíaco, não só o macho mas também outras fêmeas que vêm ao encontro da fêmea no cio tentar, de forma tosca, uma abordagem.([19])

([18]) Citemos os que regista Fabre: uma fêmea de *pequeno-pavão-nocturno* atrai, na sala de estudo de Fabre, toda uma multidão de *pequenos-pavões* machos. Estas borboletas fazem o cerco à campânula gradeada onde a fêmea está engaiolada; indiferente, esta fica pousada no raminho que Fabre suspende ao centro da campânula. Se, no dia seguinte, Fabre muda a fêmea de gaiola e de poleiro, é para a primeira gaiola, deixada na outra extremidade da sala, é sobretudo para o ramo do poleiro da véspera, todo impregnado de subtis emanações, que os pretendentes se precipitam; por mais visível que seja para eles a fêmea, que Fabre tem, contudo, o cuidado de posicionar no seu caminho, eles deixam-na todos de parte, passam por ela, e é aquele ramo que assaltam, e, em seguida, o lugar que esse ramo ocupava numa cadeira, depois de o terem feito cair no soalho.

([19]) Uma cadela que eu conheço dá-se bem com um casal de gatos; na época de acasalamento da gata, ela enlouquece e, por vezes, procura cavalgá-la à maneira de um gatarrão.

Os criadores de gado apartam da manada a vaca no cio, importunada pelas outras vacas...([20]) Por fim, e é aqui que eu quero chegar: se o apetite sexual se desperta no macho com o cheiro periódico da fêmea, *ele nunca se desperta senão nesse momento*.([21])

— Já foi defendido, e presumo que com razão, que o macho podia, com efeito, excitar outros machos, transportando consigo o cheiro de um coito recente e, por conseguinte, a evocação da fêmea.

— Seria muito estranho que esse cheiro, que se extingue tão depressa nela, «logo após a fecundação», diz Sanson, perdurasse uma vez transmitido...([22]) Mas ainda que assim fosse! Posso afirmar-lhe que já vi cães perseguirem com a sua assiduidade outros cães, autênticos virgens; e retomar com a mesma assiduidade cada novo encontro sem qualquer consideração pela época.

— Se os factos que refere são exactos — e eu consinto em aceitá-los como tais...

([20]) «Vê-se até algumas vacas, na época de acasalamento, montarem-se umas às outras, *seja porque têm a ideia de provocar assim o macho, seja porque a representação visual que elas têm do acto desejado as force a tentar a sua simulação*», escreve o Sr. Gourmont depois de ter dito algumas linhas acima: «No geral, as aberrações animais exigem explicações muito simples.» Depois, acrescenta: «É um exemplo maravilhoso, porque absurdo, da força motriz das imagens.» Temo que isto seja ainda mais absurdo do que maravilhoso. (*Physique de l'amour*, pp. 229–230)

([21]) «Vê-se também certos animais que se dão ao amor dos machos do seu sexo», diz Montaigne, de um modo bastante bizarro, em «*Apologie* de Raimond Sebond» (*Essais*, volume II, capítulo XII).

([22]) Até o Sr. Gourmont sabe que, «em condições normais, a fêmea, uma vez coberta, deve parar desde logo de emitir o seu odor sexual» (*Physique de l'amour*, p. 179).

— Queria ver se não o fizesse!

— Como explica que não tenham ainda entrado em linha de conta no Grande Livro da Ciência?

— Porque, primeiro, esse «Grande Livro» não existe; também porque as matérias de que lhe falo foram, até ao momento, muito pouco observadas; enfim, porque é tão difícil e tão raro observar bem como é pensar e escrever bem; basta um bom observador para fazer um bom conhecedor. O grande homem de ciência é sempre tão raro como qualquer outro homem de génio; são inúmeros os semiconhecedores que aceitam uma teoria de tradição que os guie ou extravie, e para «observarem» tudo de acordo com ela. Tudo confirmou por muito tempo o horror que a Natureza tinha ao vazio; sim, todas as *observações*. Tudo confirmou por muito tempo a existência de duas electricidades diferentes que se atraíam por uma espécie de instinto quase-sexual. Tudo confirma ainda, neste momento, essa teoria do *instinto sexual*... De modo que o estupor de certos criadores de animais é caricato, ao constatarem gostos homossexuais precisamente na espécie de que se ocupam; e cada um destes modestos «observadores», cingindo as vistas à espécie que estuda, ao constatar nela tais costumes, vê-se forçado a tomá-los por uma excepção monstruosa. «Os pombos parecem especialmente (!) dados à perversão sexual, a fazer fé em M. J. Bailly-Maître, criador competente e *bom observador*»([23]), lê-se em Havelock

([23]) Estes factos foram observados com tanta frequência que, no desusado *Dictionnaire de la Vie Pratique*, de Belèze, até já se lê, no artigo «Pombo»: «Por vezes, acontece que a ninhada que deve formar o casal (?) é composta por dois machos ou duas fêmeas; apercebemo-nos da presença de duas fêmeas porque elas fazem duas posturas cujos ovos são claros, e da presença dos machos porque eles perturbam o pombal.» (!?)

Ellis[xxix]; e Muccioli, «conhecedor italiano *que é autoridade no que toca aos pombos* (!), afirma que as práticas de inversão se constatam nos pombos-correio belgas (!), *mesmo na presença de muitas pombas*».

— Pois quê! *Os Dois Pombos*, de La Fontaine[xxx]?!...

— Pombos franceses, pode crer. Outro fulano observa esses mesmos costumes nos patos, sendo ele criador de patos. Lacassagne[xxxi], que se ocupa de potros, observa-os nos potros. Não era nos perdigões que Bouvard e Pécuchet[xxxii] pretendiam surpreendê-los?... Sim, nada mais caricato do que estas observações timoratas, senão a instrução que alguns tiram delas, ou simplesmente a explicação que lhes atribuem. O Doutor X, tendo constatado a grande frequência das copulações entre os machos dos besouros, argumenta para defender tamanhas vilanias:

— Sim, é o que eu lhe dizia há pouco: só o macho que acaba de copular, ainda todo impregnado do odor da fêmea, pode oferecer pretexto ao assalto...

— O Doutor X está mesmo certo do que adianta? Era realmente apenas ao sair do amor que os machos se deixavam, por sua vez, cobrir? Tê-lo-á escrupulosamente *observado*, ou, mais comodamente, será que não se limita a *supô-lo*?... Proponho esta experiência: eu queria saber se um cão completamente privado de olfacto não estaria , por isso mesmo, condenado...

— À homossexualidade pura e simples?

— Ou pelo menos ao celibato, à ausência completa de desejos heterossexuais... Mas de que a cadela só apeteça ao cão quando tem o cheiro certo, nem por isso se segue que no resto do tempo o seu desejo folgue. E daí vem a grande frequência dos seus jogos homossexuais.

— Por minha vez, permita-me que lhe pergunte: e você, *observou-o* escrupulosamente? Não se limita a *supô-lo*?...

— Ser-lhe-ia fácil observá-lo você mesmo; mas eu sei que, na maior parte do tempo, as pessoas que passam e vêem, de longe, dois cães cavalgarem-se um ao outro, concluem o sexo de cada um deles de acordo com a posição que ocupa.([24]) Atrevo-me a contar-lhe isto: foi numa das avenidas de Paris; estavam um cão e uma cadela acoplados da maneira lastimosa que você sabe; cada um deles, já saciado, procurava libertar-se; os seus esforços divergentes causavam grande escândalo junto de alguns passantes e divertiam visivelmente alguns outros; eu aproximei-me. Três cães machos vagueavam em torno do grupo, porventura atraídos pelo cheiro. Um deles, mais atrevido ou excitado, não aguentando mais, tentou assaltar o casal. Vi-o empenhar-se durante algum tempo em incómodas acrobacias para cavalgar um dos cativos. Estavam ali várias pessoas, digo-lhe eu, a contemplar a cena por melhores ou piores motivos; mas eu garanto-lhe que fui o único a reparar nisto: era o macho, e só o macho, que o cão queria cavalgar; ele deixava deliberadamente a fêmea de parte; aplicava-se com tudo, e, como o outro estava preso e não conseguia

([24]) «Entre machos, frequentemente se praticam as mesmas oscilações do corpo, as mesmas flagelações laterais. Enquanto o de cima se debate, fazendo vivos molinetes, o de baixo fica quieto. Por vezes, sobrevem um terceiro tresloucado (!?), e mesmo um quarto que sobe para a pilha dos seus predecessores. O mais alto oscila e dá vivamente às patas anteriores; os outros mantêm-se imóveis. Assim, por um momento, se enganam as mágoas dos rejeitados.» J.-H. Fabre («*Cerocoma*([xxxiii])»), volume III, p. 272. Oh, Fabre!, paciente observador, terá você observado se é realmente depois da *rejeição* que estas cavalgadas homossexuais se praticam? Será somente por terem sido repelidos que estes machos copulam entre si, ou não irão lá directamente?

resistir, pouco faltou para alcançar o seu objectivo... Quando surgiu um agente que dispersou de vez os actores e os espectadores.

— Atrevo-me a perguntar-lhe se, também no seu caso, a teoria, essa teoria que você expõe, e que porventura lhe é proposta pelo seu próprio temperamento, não precedeu as estranhas observações que me diz, e se você também não cedeu a essa prática que reprova tão veementemente aos seus colegas de ciência: observar para provar?

— É preciso reconhecer primeiro que é muito difícil supor que uma *observação* possa ser efeito do acaso e que caia numa dada inteligência como uma fortuita resposta a uma questão que essa inteligência não teria colocado. O importante é não forçar a resposta. Fui bem-sucedido? Espero que sim; não saberia dizê-lo, sendo tão falível como qualquer outro. Peço que as respostas que a Natureza me deu, gritando ou murmurando, sejam verificadas. Só quero reter isto: ao interrogá-la com uma preocupação diferente, ela respondeu-me de um modo diferente.([25])

— Não se poderia interrogá-la sem preocupação alguma?

— Sobre este assunto, isso parece-me especialmente difícil. Sainte-Claire Deville([xxxiv]), por exemplo, diz ter *observado* que os bodes, os carneiros ou os cães, internados à distância das fêmeas, agitam-se, excitam-se entre si «com uma excitação sexual que não depende já das leis do cio e que os impele a copular uns com os outros». Há-de reparar, peço-lhe, neste esquisito eufemismo: «que não depende já das leis do cio»!

([25]) Que observações podiam parecer mais imparciais, mais honestas do que as do paciente Fabre sobre as vespas? Observações completamente infirmadas, ou pelo menos *retorquidas*, hoje, por Marchal.

Sainte-Claire Deville acrescenta: «Basta trazer uma fêmea para pôr as coisas todas em ordem.» Terá ele realmente a certeza? E tê-lo-á realmente observado? Ele está *convencido*, o que não é de todo a mesma coisa... Este exemplo foi extraído de um relatório à Academia das Ciências Morais sobre «o internato e a sua influência na educação da juventude». É enquanto conhecedor que ele fala, ou será apenas enquanto pedagogo? Enfim, esta fêmea de salvação que ele traz para o canil ou estábulo em ruptura das «leis do cio» tem de estar no cio; senão, nós sabemos que os machos não se aproximarão dela; e mesmo que, no lugar de uma fêmea, lhes trouxessem 20, era entre eles, e sem ligar às fêmeas, que continuariam os seus joguinhos.

— Talvez Sainte-Claire Deville tenha observado mal desde o princípio.

— Deixe-o lá!, é um homem pusilânime. Sainte-Claire Deville observou muito bem, para começar, a actividade homossexual destes animais; mas a partir daqui começa a sua invenção flagrante; se ele tivesse consentido em levar a investigação mais longe, teria conseguido constatar que a intervenção de um ou de vários indivíduos do outro sexo não é, de modo algum, suficiente para «pôr as coisas todas em ordem», exceto uma semana, mais ou menos, em todo o ano, em que as fêmeas ficam provocantes; e que, no resto do tempo, estes jogos homossexuais continuam «mesmo na presença de muitas fêmeas», como diz Muccioli.

— Você chama, porventura, jogos lascivos às brincadeiras mais inocentes.

— Ainda que esses jogos sejam dos mais significativos, não se pode dizer que estes animais não encontrem, ou que encontrem muito raramente, na homossexualidade uma satisfação completa. Quão imperioso não é, pois, o desejo que a isso os precipita?

— Porventura sabe você — avancei eu imprudentemente — que as cadelas também não se prestam de boa vontade, mesmo quando estão no cio. A cadela de que há pouco lhe falava é de raça; eu queria ter uns cachorrinhos; com que trabalhos procurei um macho adequado... Mas quando foi preciso emparelhá-los, que desastre! Primeiro, a cadela esquivava-se; o macho esfalfava-se em esforços atabalhoados; depois, parecendo ela dócil, o macho era repelido... Foi só ao fim de cinco dias que conseguimos que ela emprenhasse.

— Permita-me — disse ele sorrindo —: é contra a minha teoria que você me conta isso?

Eu não podia recuar:

— Trago ao estudo da questão — retomei — o meu contingente de observações imparciais.

— Obrigado... Sim; todos os criadores conhecem dificuldades dessas; nas quintas, são muitos os acasalamentos em que é necessária uma ajuda, e nos quais o Instinto Sexual aparece sob a figura de um pastor.

— Eh! Então, como é que ele faz na Natureza?

VII

— Estou há uma hora a explicar-lhe que é por isso que o elemento masculino é tão copioso. O seu famoso «instinto sexual» compensa a precisão do tiro com a abundância. Nas herdades, onde não se guarda senão o número necessário de garanhões, o risco seria por de mais elevado se o homem, por vezes, não controlasse a jogada. Nas lições de zootecnia de Sanson, não há menos do que nove páginas dedicadas unicamente à cobrição dos cavalos([26]); pois o garanhão, ensinava ele aos seus jovens alunos de Grignon, «engana-se facilmente no caminho»; e, «uma vez empinado, o estribeiro deve pegar-lhe no pénis com a mão para o guiar», etc.

Mas, tal como você dizia, a dificuldade não vem apenas da pouca habilidade do macho; a fêmea, por sua vez, torna-se recalcitrante e esquiva-se; somos muitas vezes forçados a prendê-la. Duas explicações foram dadas para esta apreensão notável: a primeira consiste em atribuir ao animal os sentimentos humanos de Galateia([xxxv]), atiçando os desejos do macho com uma fingida fuga amorosa; a segunda consiste em atribuir a Galateia as sensações do animal que deseja e receia ao mesmo tempo...

— Não lhe parece que essas duas explicações se confundem?...

— Juro-lhe que algumas pessoas parecem não se ter apercebido; e é para a opor à primeira que o Sr. Gourmont propõe uma vez mais a segunda.([xxxvi])

— Você tem, porventura, uma terceira?

— Que é esta: o instinto sexual é tão indeciso na fêmea como no macho... Sim, a fêmea só se sentirá *completa* quando fecundada; mas, se é atraída para a fecundação por uma necessidade secreta dos órgãos, o que ela deseja é, vagamente, a volúpia, e nunca precisamente o macho; tal como o macho, por sua vez, não deseja precisamente a fêmea, ainda menos «a procriação», mas simplesmente a volúpia. Tanto um como a outra procuram tão simplesmente satisfazer-se.

([26]) Volume III, pp. 214–223.

E eis por que razão vemos tantas vezes, ao mesmo tempo, a fêmea fugir ao macho e oferecer-se, todavia, ao prazer, e, enfim, retornar ao macho, que é o único que lho pode proporcionar. Concedo que eles só possam experimentar a volúpia completa um pelo outro (pelo menos a fêmea pelo macho) e que os seus órgãos não encontrem a sua perfeita ocupação senão no coito; mas parece que eles não o sabem — ou sabem-no somente de uma maneira ainda mais confusa do que aquilo que nós entendemos por instinto.

Trata-se, pois, para que a fecundação opere, de fazer convergir, pelo menos uma vez, dois desejos flutuantes. Daí esse suasório aroma que a fêmea vai espalhando em tempo propício, e que a assinala imperativamente ao macho; aroma, ou porventura emanação ainda mais subtil, que a antena do insecto captará; ou o que libertará, não já a fêmea, mas sim o ovo, no caso de algumas espécies de peixes, por exemplo, em que a fecundação só opera depois da postura, directamente sobre o ovo, e em que a fêmea parece excluída do jogo do amor.

É uma porta única, momentânea e muito estreitamente entreaberta, por onde deve insinuar-se o futuro. Por uma vitória tão inconcebível sobre a desorganização, sobre a morte, é-te permitida, Natureza, a prodigalidade! Talvez não haja aqui «despesa desconsiderada», pois tamanho desperdício não paga demasiado caro o teu triunfo...

— «Desperdício», disse você.

— Sim, desperdício, do ponto de vista da finalidade utilitária. Mas é sobre esse desperdício que a arte, o pensamento e o jogo poderão florir. E tal como vimos estas duas forças, anagenética e catagenética, oporem-se uma à outra, assim veremos duas devoções possíveis: a da fêmea para com a raça e a do macho para com a arte, o desporto, o canto. Conhece drama mais belo do que este, em que as duas devoções se confrontam num conflito sublime?

— Não nos alargamos já para a nossa conversa de amanhã? Aliás, não queria deixar a história natural sem lhe colocar algumas questões: Acha que os gostos homossexuais se encontram em todas as espécies animais?

— Em muitas; talvez não em todas. Não posso falar de mais, por falta de informações suficientes... Porém, duvido muito que os encontremos nas espécies em que o coito é mais difícil, ou pelo menos quando é mais complicado e necessita de mais esforços; nas libélulas, por exemplo, ou em certos araneídeos que praticam uma espécie de fecundação artificial; e noutras, enfim, em que o macho, logo após o coito, ou mesmo durante o coito, é devorado pela fêmea... Digo-lhe eu, aqui, que não afirmo nada; contento-me em supor.

— Estranha suposição!

— Bastaria, talvez, para a consolidar, constatar que nas espécies de coito acrobático ou perigoso o elemento masculino está em menor proporção. Ora, algumas palavras de Fabre fazem-me sobressaltar: «É na segunda quinzena de Agosto que começo a encontrar o insecto adulto... As fêmeas de ventre volumoso *são de dia para dia mais frequentes. Os seus franzinos companheiros são, pelo contrário, bastante raros, e, por vezes, eu tenho alguma dificuldade em completar os meus casais.*» ([27]) Trata-se aqui da *mantis religiosa*([xxxvii]), que devora sempre o seu parceiro.

Esta rarefacção do elemento masculino deixa de parecer paradoxal se a precisão do instinto a compensar. A partir do

([27]) Volume V, p. 291.

momento em que o amante tem de ser sacrificado pela amada, importa que o desejo que o precipita ao coito seja preciso e imperioso; e, *a partir do momento em que o desejo se precisa, o excedente de machos torna-se inútil.* Por outro lado, importa que o número de machos([28]) aumente a partir do momento em que o instinto esmorece; e o instinto esmorece a partir do momento em que o perigo se afasta da volúpia; ou, pelo menos, a partir do momento em que a volúpia se torna fácil.

De modo que este inquietante axioma — o número de machos diminui à medida que a dificuldade do coito aumenta — seria, no fim de contas, apenas um corolário natural do que eu avançava no início: o excedente de machos (ou o excesso do elemento masculino) compensa a imprecisão do instinto; ou, se preferir: a imprecisão do instinto encontra a sua prova no excesso do elemento masculino; ou ainda...

— Já compreendi.

— Insisto em precisar:

1.º: O instinto é tanto mais preciso quanto o coito é mais difícil;
2.º: O número de machos é tanto menor quanto o instinto é mais preciso;
3.º: Daí que o número de machos diminui à medida que a dificuldade do coito aumenta (para esses machos que a fêmea oferece em holocausto ao amor); sem dúvida que, se houvesse outra forma de provar a volúpia, eles descartariam de imediato o perigoso coito — e

([28]) Ou a proporção do elemento masculino, quero dizer: o excesso da matéria seminal, quando o indivíduo não encontra no coito o fim do seu percurso.

a espécie acabaria por se extinguir. Mas também não há dúvida de que a Natureza não lhes deixa nenhum outro meio de se satisfazerem.([29])

Mais uma vez, não faço mais do que supor.

— Reflectiremos sobre isso. À medida que o vou compreendendo melhor, mais me parece que a sua conclusão extravasa

---

([29]) É notável que, precisamente nessa espécie (*mantis religiosa*), e apesar do pequeno número de machos, cada fêmea esteja pronta a fazer deles um consumo desregrado; ela continua a oferecer-se ao coito e continua a ser apetecível para os machos, mesmo depois da fecundação; Fabre conta ter visto uma delas acolher, e depois devorar, sucessivamente, sete parceiros. O instinto sexual, que vemos aqui preciso e imperioso, ultrapassa de súbito o objectivo. Fui muito naturalmente levado a perguntar-me se, nas espécies em que o número de machos é proporcionalmente inferior, em que, portanto, o instinto é mais preciso, e em que, por conseguinte, não sobra mais matéria inutilizada, com a qual possa jogar a força catagénica, «matéria para variações» não é, desde logo, a favor do sexo feminino que se manifesta o dimorfismo — por outras palavras: se os machos dessas espécies não têm um aspecto *menos* brilhante do que as fêmeas? Ora, é precisamente o que nós podemos constatar na *mantis religiosa*, cujo macho «anão, franzino, sóbrio e mesquinho» (recorro aos epítetos que utiliza Fabre) não pode pretender àquela «pose espectral» durante a qual a fêmea desvela a estranha beleza das suas largas asas diáfanas e debruadas de verde. Fabre não faz, de resto, o menor caso desta singular reversão de atributos, que corrobora aqui a minha teoria. Estas considerações, que relego para nota — porque se afastam um pouco da linha deste texto —, onde temo bem que passem despercebidas, parecem-me apresentar o maior interesse. A alegria que senti quando, tendo levado até ao limite uma teoria tão nova e, devo admitir, tão arrojada, vi o exemplo que a confirma, por assim dizer, vir ao meu encontro — essa alegria só é comparável à do caçador de tesouros de Edgar Allan Poe, quando, cavando o solo, descobre o baú cheio de jóias exactamente naquele lugar onde as suas deduções o tinham persuadido de que ele devia estar. — Talvez publique um dia destes outros apontamentos sobre este assunto.

sensivelmente as suas premissas. Estou-lhe grato, admito, por me levar a reflectir sobre estas matérias em que normalmente domina, com efeito, uma espécie de princípio de autoridade, impondo uma crença já reconhecida e que nós nos abstemos de controlar. Eis, então, até onde concordo consigo:

Sim, o instinto sexual existe, apesar do que você afirma; ele opera, quer queira quer não, com uma precisão, uma imperatividade singular; mas ele só se impõe a seu tempo, na mesma ocasião em que entram os dois elementos em jogo. Para responder à oferta da fêmea, ele põe à sua frente o desejo permanente do macho. O macho é todo gratuidade, dizia você; a fêmea é toda previdência. As únicas relações heterossexuais (dos animais) têm em vista a fecundação.

— E o macho não se contenta sempre com essas.

— Há já alguns instantes que vimos perdendo de vista o seu livro. Dessa primeira parte, tira algumas conclusões?

— Esta, que eu dirijo aos finalistas: apesar daquele excesso mais ou menos constante do elemento masculino, se a Natureza precisa de tantos expedientes e adjuvantes para assegurar a perpetuação da raça, é de admirar que sejam precisos tantos constrangimentos, e de tantas formas, para impedir na espécie humana a inclinação para esses costumes que você decretou «anormais»; e tantos conselhos, exemplos, convites, incitações, excitações, e de tantas formas, para manter no coeficiente desejado a heterossexualidade humana.

— Reconheça que esse constrangimento, de uma parte, e essa excitação, de outra parte, nos fazem bem.

— Reconheço-o até amanhã, em que examinaremos, não já zoologicamente, mas sim humanamente, a questão e estudaremos se, talvez, a repressão e a excitação não ultrapassaram já um pouco a medida. Mas, em contrapartida, queira por sua vez reconhecer que os gostos homossexuais já não lhe parecem tão contrários à Natureza como você os pretendia esta manhã. Não lhe peço mais por hoje.

Terceiro diálogo

— Reflecti muito desde ontem — disse eu a Córidon, ao entrar. — Permita-me que lhe pergunte se acredita com toda a convicção nessa teoria que me tem apresentado.

— Pelo menos, estou convencido da realidade dos factos que a motivam. Quanto a pretender que a explicação que ofereço seja a única possível ou a melhor, longe de mim tal presunção. Mas atrevo-me a acrescentar que, na minha opinião, isso não tem grande importância. Quero dizer que a importância de um novo sistema proposto, de uma nova explicação de certos fenómenos, não se mede unicamente pela sua exactidão, mas também, e sobretudo, pela ocasião que ela providencia à mente para novas descobertas, novas constatações (ainda que estas últimas venham a infirmar a dita teoria), pelas vias que ela abre, pelos obstáculos que desfaz, pelas armas que fornece. Importa que ela proponha o novo e que, ao mesmo tempo, se oponha ao velho. Pode parecer-nos hoje que, desde a própria base, a teoria de Darwin vacila; negaremos com isso que o darwinismo conduziu a ciência a um nível superior ao que ela tinha antes? Diremos que De Vries([i]) tem razão contra Darwin? Não, não mais do que Darwin ou Lamarck tinham razão contra X.

— Diante de si, ninguém se atreve sequer a dizer que Galileu...

— Permita-me distinguir entre fazer o ponto da situação dos factos e a explicação que deles se dá. Esta, a explicação, permanece flutuante; mas, muitas vezes, longe de seguir sempre as novas constatações, ela precede-as; por vezes, muitas vezes mesmo, vemos a teoria avançar sobre a observação, e esta confirmar apenas em seguida a audaciosa proposta da inteligência. Tome por hipóteses aquilo que vou avançando; dar-me-ei por satisfeito se apenas lhes reconhecer alguma virtude de iniciativa. Mais uma vez, os factos aí estão, e você não pode negá-los. Quanto à explicação que lhes atribuo, estou disposto a descartá-la assim que você me arranjar uma melhor.

I

Pudemos considerar ontem — prosseguiu — o papel preponderante do olfacto, esse sentido delator do instinto, nas conjugações animais. É graças a ele que o flutuante desejo do macho vai deliberadamente virar-se para a fêmea — e unicamente para a fêmea no cio. Podemos dizer, sem exagerar demasiado, que a «sexualidade» do instinto genesíaco (para falar o jargão moderno) subjaz ao sentido olfactivo do macho. Não há, a bem dizer, eleição da fêmea pelo macho; assim que ela começa a emanar aquele cheiro, este atira-se a ela e é conduzido pela ponta do nariz. Lester Ward, numa passagem que eu não lhe li, insiste muito no facto de que «todas as fêmeas eram iguais para o animal macho», e, na realidade, elas *são* todas iguais, vimos nós, sendo o macho o único capaz de variação e individualização. A fêmea, para o atrair, não tem outro recurso senão o cheiro; não tem outro encanto; não tem de ser bela; basta que tenha o cheiro certo. A escolha — a ser verdade que a escolha não é a simples vitória do mais apto — continua a ser o privilégio da fêmea; que ela escolha segundo o seu gosto, e nós ficamos com a estética. Por conseguinte, insiste ainda Ward, é a fêmea que dispõe da selecção, que cria aquilo a que ele chama «a eflorescência do macho». Não procurarei por agora saber se essa supremacia de beleza que, talvez graças ao bom gosto da fêmea, conserva o indivíduo macho na maior parte dos insectos, dos pássaros, dos peixes e dos mamíferos pode ser encontrada também na espécie humana.

— Esperava há muito que chegasse aqui.

— Provisoriamente, e sem entrarmos em detalhes, observemos primeiro isto: o rouxinol macho não é muito mais colorido do que a sua fêmea; mas esta não canta. A eflorescência do macho não é necessariamente venustidade; é luxo; e pode ser no canto, em qualquer desporto ou na inteligência, enfim, que ela aparece.

Mas permita-me que respeite aqui a ordem do meu livro, em que só abordo este ponto importante mais tarde.

— Siga a ordem que lhe agradar. Concedo que difira o mais possível as questões que podem embaraçá-lo, desde que lá chegue até ao fim... Contudo, estou doravante decidido: não lhe darei tréguas enquanto não tiver esgotado a sua ciência e lógica e disparado todos os seus argumentos. Mas diga-me desde já como começa a segunda parte do seu livro.

— Ora bem: começo por constatar que o olfacto, de importância tão capital nas conjugações animais, não desempenha qualquer papel nas relações sexuais do homem; se intervém, é a título suplementar.

— Será assim tão interessante notar isso?

— Esta diferença parece-me tão notável que eu até me questiono se o Sr. Gourmont, não lhe fazendo sequer menção no seu livro, e não a tendo sequer em conta na sua assimilação dos homens aos animais, não a terá notado ou se a terá simplesmente omitido — ou muito comodamente escamoteado.

— Pois eu nunca vi o Sr. Gourmont embaraçado por uma objecção. Talvez precisamente por não atribuir a esta a importância que você lhe confere.

— Ela ficará clara, espero eu, nas consequências que desencadeia e que eu vou tentar explicar-lhe.

A mulher, dizíamos nós, já não tem o odor periódico do mênstruo para atrair o homem; algum outro encanto, porventura, veio substituí-lo; natural ou postiço, este encanto é independente das épocas, não submisso à ovulação. A mulher desejada é desejável todo o tempo. Digamos mais: enquanto o animal só deseja a fêmea, e esta, pelo contrário, só deixa aproximar o macho durante a época de acasalamento aquando do período, o homem, normalmente, abstém-se. Não só este não comporta já um atractivo como também desencadeia uma espécie de proibição; por agora, tanto me faz que ela seja física ou moral, que haja aqui uma repulsa momentânea da carne, supervivência de antigas prescrições religiosas, ou desaprovação da mente — o certo é que, a partir daqui, o homem separa-se claramente do animal.

Doravante, o apetite sexual, continuando a ser imperioso, já não tem rédea tão curta; os nervos olfactivos tinham-no até então pela trela; ele ganha espaço. Em breve, esta primeira libertação vai permitir outras. O amor (e repugna-me utilizar já este termo, mas é preciso, ainda assim, que eu lá chegue) entra desde logo em jogo — um jogo que vai decorrer *à margem das regras*.

— O que não quer dizer, espero, que cada um seja absolutamente livre de o jogar como bem lhe agradar.

— Não, pois o desejo não será menos imperioso; mas será, pelo menos, mais diverso; o imperativo, para ser um pouco categórico, tornar-se-á mais particular; sim, particular a cada um. Além do mais, o indivíduo já não desejará indistintamente a fêmea, mas tal mulher particularmente.

«Os afectos dos animais diferem dos afectos dos homens tanto quanto a sua natureza difere da humana», diz Espinosa; e adiante, falando mais particularmente da humanidade: «a volúpia de um separa- se naturalmente da volúpia do outro tanto quanto a natureza de um difere da natureza do outro» — «*adeo gaudium unius a gaudio alterius tantum natura discrepat, quantum essentia unius ab essentia alterius differt*» ([ii]).

— Depois de Montaigne e Pascal, Espinosa; você sabe escolher os seus padrinhos. Interpretado por si, esse *gaudium unius* não me diz nada que valha; «tenho muito medo», como dizia Pascal... Continue.

Ele sorriu um instante, depois retomou:

II

— De uma parte, encanto constante; de outra parte: selecção operada, não já pela fêmea a favor do macho, mas sim pelo homem a favor da mulher... Não teríamos nós aqui a chave, ou a justificação, para dizer melhor, dessa inexplicável preexcelência da venustidade feminina...?

— Que entende você por isso?

— Que, de baixo para cima na escala animal, tivemos de constatar, em todos os casais animais, a resplandecente supremacia da beleza masculina (cujo motivo tentei providenciar-lhe); que é deveras desconcertante ver o casal humano, de súbito, reverter essa hierarquia; que as razões que puderam ser fornecidas para essa súbita reviravolta permanecem ou místicas ou impertinentes — ao ponto de alguns cépticos se terem questionado se a beleza da mulher não residia principalmente no desejo do homem e se...

Não o deixei acabar. Esperava tão pouco vê-lo trazer um argumento do senso comum à sua tese que, a princípio, não entendi nada do seu raciocínio; mas, tomando-o logo de assalto, já não quis deixar-lhe tempo para se desdizer e exclamei:

— Você tira-nos de uma embrulhada, e eu agradeço-lhe! Neste momento, compreendo que esse «encanto constante» da mulher começa precisamente onde acaba o outro; e sem dúvida que não é de medíocre importância, com efeito, que o homem suspenda a sua concupiscência, não já no olfacto, mas sim no sentido mais artista, menos subjectivo, da visão; eis o que vai, porventura, permitir uma cultura e o desenvolvimento das artes...

Depois, deixando-me levar por essa confiança que a primeira manifestação do bom senso me inspirava irresistivelmente:

— É bastante mordaz dever a um uranista o primeiro argumento sensato a favor da «preeminente venustidade do sexo frágil», como você diz; mas admito que, até ao momento, não tinha conseguido encontrar outro, senão no meu próprio sentimento. Vou, pois, poder reler agora sem incómodo certas passagens do discurso do Sr. Perrier à Academia, que me emprestou ontem...

— A que passagens se refere?

Tirando do bolso o folheto, li: «Ao ver reluzir aos raios de um sol de Verão, ou sob os castiçais de uma sala de baile, as suaves cores dos vestidos de festa [descrição] (...), poder-se-ia crer que o adorno foi invenção exclusiva das filhas de Eva (...). Parece-me que, para as adornar, a prata, o ouro [enumeração], os diamantes [enumeração], as flores [enumeração], as plumas [enumeração], asas de borboletas (...); os homens não ousaram ainda abordar a "criação" dessas finezas com as quais o pensamento das mulheres parece vir aperaltar-se, antes de se evaporar: os seus requintados, espirituosos ou triunfantes chapéus...»

— Desculpe-o; porventura, via tudo isso na assistência.

— «Em muito claro contraste, enquanto o antigo gosto das mulheres pelo adorno aumenta e se mantém, pelo menos nos nossos países civilizados, os homens demarcam-se cada vez mais de qualquer procura...»

— Já lhe disse: a eflorescência do macho não é necessariamente venustidade.

— Espere até que eu acabe de ler: «(...) até a soturna indumentária do comum burguês parece demasiado constrangedora: tanto a aligeiram e encurtam que a reduzem a um simples casaco, de maneira que, nas cerimónias às quais assistem as mulheres, nós fazemos figura de humildes larvas deslizando por entre as flores.»

— Sim, isso até que é elegante.

— «Esta evolução é absolutamente característica; ela separa a espécie humana das espécies animais superiores como nenhum dos seus caracteres físicos, nenhum outro dos seus caracteres psíquicos. É, com efeito, exactamente o oposto daquela que se manifestou em grande parte do reino animal.

Aqui, o sexo favorecido por excelência é o sexo masculino; assim o é, de qualquer modo, e já nos seres pouco desenvolvidos, desde que sejam susceptíveis de uma certa actividade.»

— Era essa a passagem que o incomodava? Posso perguntar-lhe porquê?... Pois parece-me, pelo contrário, ser de uma natureza que lhe deve agradar...

— Ora não se faça de inocente! Como se lhe escapasse que Perrier, fazendo como quem elogia o sexo frágil, não lhe elogia senão o revestimento.(1)

— Sim; o que eu designava há pouco de «encanto postiço».

— A expressão parece-me desonesta; mas percebo o que quer dizer. E eu chegava a pensar que era pouco viável ao bom conhecedor insistir tanto nesse ponto; pois, enfim, dizer a uma mulher «que lindo chapéu tem você aí» não é tão lisonjeiro como dizer-lhe «você é bela».

— Também se lhe pode dizer, de preferência: «como esse chapéu lhe fica bem!» Mas é só isso que o incomoda? Creio lembrar-me de que, lá para o fim do discurso, Perrier, deixando de parte o adorno, sabe elogiar a pessoa que o enverga; passe para cá o discurso... Olhe: «Tereis ganhado com ele, Minhas Senhoras, o brilho de vossa tez, a pureza cristalina de vossa

(1) De uma ingenuidade parecida são estas poucas linhas de Addison que recolho do *Spectator* (n.º 265): «*It is observed among birds, that nature has lavished all her ornaments upon the male, who very often appears in a most beautiful head dress: whether it be a crest, a comb, a tuft of feathers, or a natural little plume, erected like a kind of pinnacle on the very top of the head. As nature, on the contrary, has poured out her charms in the greatest abundance on the female part of our species, so they are very assiduous in bestowing upon themselves the finest garniture of art. The peacock in all his pride does not display half the colours that appear in the garment of a British Lady, when she is dressed either for a ball or a birthday...*»(iii) Ou há que ver aqui ironia?

voz, a delicada elegância de vossos gestos e essas graciosas linhas que inspiraram o suave pincel de Bourguereau.» Que quer de mais bonito? Por que razão não me leu estas linhas?

— Porque eu sei que não gosta de Bourguereau.

— Que gentileza a sua!

— Não me goze e dê-me as suas impressões sobre o assunto.

— Admito, com efeito, que tanto artifício, e chamado tão constantemente em auxílio da natureza, inquieta-me. Lembro-me da passagem de Montaigne: «Não é tanto pudor, mas arte e prudência, o que torna as nossas damas tão circunspectas quanto a recusar-nos a entrada nos seus aposentos antes que estejam pintadas e adornadas para a montra pública.»([iv]) E chego a duvidar se, na Tryphème sonhada por Pierre Louÿs([v]), uma costumeira e franca exibição das vantagens do sexo frágil, o hábito de toda a gente se mostrar nua pelos campos e pelas ruas, não traria um resultado contrário ao que ele parece predizer; nem assim os desejos do homem para com o sexo oposto arrefeceriam muito. «Falta saber», dizia a Menina Quinault([vi]), «se todos os objectos que excitam em nós tantas ideias, tanto belas como grosseiras, porque se velam ao nosso olhar, não nos deixariam impávidos e serenos com uma contemplação perpétua; pois há exemplos destas coisas.» Enfim, há certas tribos, e precisamente das mais belas, em que a Tryphème é realizada (assim era, pelo menos, há uns 50 anos, antes do trabalho dos missionários): o Taiti, por exemplo, quando Darwin lá chegou, em 1835. Em algumas páginas comoventes, ele descreve o esplendor dos indígenas; depois: «Admito que as mulheres me decepcionaram um pouco», acrescenta; «estão longe de serem tão belas quanto os homens...» Depois, ao ter constatado a necessidade, junto delas, de compensar essa pouca beleza com o adorno([2]): «Para resumir, pareceu-me que as mulheres, muito mais do que os homens, ganhariam muito ao usarem uma vestimenta qualquer.»

— Não fazia ideia de que Darwin era uranista.

— Quem lhe disse isso?

— Essa frase não o deixa entender?

— Pois quê!, vai obrigar-me a levar a sério o Sr. Gourmont, quando escreve «É a mulher que representa a beleza. Toda a opinião divergente será eternamente tomada como paradoxo ou como produto da mais lastimável das aberrações sexuais»?

— «Eternamente» parece-lhe de mais?

— Mas fique tranquilo. Darwin não é, que eu saiba, mais uranista do que muitos outros exploradores que, circulando por entre as tribos nuas, se maravilharam com a beleza dos mancebos — mais uranista do que Stevenson([vii]), por exemplo, que, falando dos Polinésios, reconhece que a beleza dos mancebos ultrapassa em muito a das mulheres. E é precisamente por isso que a opinião deles me importa e que creio, com eles, não como puritano, mas sim como artista, que o pudor fica bem às mulheres e que o véu é o que lhes convém — «*quod decet*»([viii]).

— Então, o que significa aquilo que me dizia há pouco, aquele argumento que me parecia pertinente, a favor da venustidade do sexo frágil?

— Ia examinar consigo se não se pode raciocinar assim: enquanto a fêmea escolhia e, por assim dizer, dispunha da

([2]) «*No entanto*, elas têm alguns hábitos muito bonitos; por exemplo, o de usar uma flor branca ou escarlate na parte de trás da cabeça ou num pequeno furo aberto em cada orelha.» (*Voyage d'un Naturaliste*, p. 434)

selecção, vimos a selecção trabalhar a favor do macho; reciprocamente, é sem dúvida a favor da fêmea que ela trabalha agora, posto que é o homem quem escolhe.

— Daí o triunfo da venustidade feminina; sim, era mesmo isso que eu tinha compreendido.

— Com tanta precipitação que eu não consegui levar mais avante a minha ideia. Estava então prestes a fazê-lo observar o seguinte: ao passo que, entre os animais, a eflorescência do macho só se pode transmitir ao macho, *as fêmeas, no entanto, transmitem certamente a maior parte dos seus caracteres, incluindo a beleza, aos seus filhos dos dois sexos* (a frase é de Darwin)([3]). De modo que é para a beleza da raça que os homens mais fortes trabalham, ao apoderarem-se das mais belas esposas, e não para maior beleza das filhas do que dos filhos.

— Tome atenção, por sua vez, que, raciocinando assim, você diminui mais a beleza da mulher em prol da beleza masculina, mais triunfante mostrará o instinto, que, apesar de tudo, me dá aquela por preferível.

— Ou mais oportuno o auxílio do ornamento e do véu.

— O ornamento é só um condimento. Quanto ao véu, pode por um instante divertir, espicaçar o desejo ao diferir uma revelação mais completa... Se você não é sensível à beleza feminina, tanto pior, e eu tenho pena de si, mas não venha cá tentar estabelecer-me regras de estética geral sobre um sentimento que, apesar de tudo o que possa dizer, continuará a ser um sentimento particular.

([3]) *Descendance de l'homme.*([ix])

III

— E é talvez um «sentimento particular» que me mostra na estatuária grega, à qual nos é preciso voltar cada vez que falamos de beleza, o homem nu e a mulher velada? Sim, nessa predilecção quase constante da arte grega pelo corpo do adolescente, do mancebo, nessa obstinação em velar o corpo da mulher, mais do que reconhecer razões puramente estéticas, você prefere, tal como o Sr. Gourmont, ver nisso «o produto da mais lastimável aberração sexual»?

— E ainda que me agradasse vê-lo! Vou aprender consigo a dimensão dos estragos da pederastia na Grécia? Além disso, não será que a escolha desses modelos adolescentes satisfazia simplesmente a viciosa inclinação de alguns mecenas depravados? E não nos é permitido duvidar se o escultor cedia ao seu instinto de artista e não antes aos gostos daqueles que servia? Enfim, hoje, não podemos dar-nos conta de certas necessidades ou convenções que constrangiam então o artista, que decidiam a sua escolha, por exemplo, aquando dos Jogos Olímpicos? Convenções que, porventura, constrangiam também Miguel Ângelo a pintar no tecto da Capela Sistina, não mulheres, mas sim adolescentes nus, por respeito pela santidade do lugar e precisamente para não despertar os nossos desejos. Entretanto, ainda que considerássemos, com Rousseau([x]), a arte parcialmente responsável pela singular corrupção dos costumes gregos...

— Ou florentinos. Contudo, é notável que toda a grande renascença ou exuberância artística se tenha sempre, e em qualquer país, feito acompanhar de grandes exageros de uranismo.

— De grandes exageros de todas as paixões, devia dizer.

— E no dia em que se lembrassem de escrever uma história do uranismo nas suas relações com as artes plásticas, não era nos períodos de decadência que o veriam florescer, mas sim, pelo contrário, nas épocas gloriosas e sadias, precisamente nas épocas em que a arte é mais espontânea e menos próxima do artifício. Por outro lado, parece-me que, nem sempre mas com frequência, a exaltação da mulher nas artes plásticas é índice de decadência, tal qual como vemos, nos diferentes povos em que o hábito exigia que os papéis das mulheres, no teatro, fossem desempenhados por adolescentes, a decadência da arte dramática começar no dia em que esses adolescentes cedem o lugar às mulheres.

— Você confunde manifestamente causa e efeito. A decadência começou no dia em que a nobre arte dramática se propôs agradar mais aos sentidos do que à mente; foi então, como medida de atracção, que a mulher subiu ao palco, de onde já não saiu. Mas voltemos às artes plásticas. Lembro-me de súbito do admirável *Concerto Campestre*, de Giorgione (no qual, todavia, você não irá ver, espero eu, uma obra de decadência), que representa, como sabe, duas mulheres nuas e dois jovens músicos, vestidos, juntos num jardim.

— Plasticamente, linearmente, pelo menos, ninguém se atreveria a afirmar que os corpos dessas mulheres fossem belos; «*too fat*», como diz Stevenson; mas quanta alvura de matéria!, que plácida, profunda e cantante luminosidade! Não se pode dizer que, por um lado, se a beleza masculina triunfa na escultura, por outro lado, a carne feminina se presta mais ao jogo das cores? Ora aí está, pensava eu diante desse quadro, o antípoda da arte antiga: efebos vestidos, mulheres nuas; sem dúvida que o chão de onde pôde eclodir esta obra-prima teve de permanecer bem pobre em escultura.

— E bem pobre em pederastia?

— Oh! Sobre esse último ponto, um pequeno quadro de Ticiano faz-me pensar duas vezes...

— Que quadro?

— O *Concílio de Trento*, que, logo no primeiro plano, mas de lado, na sombra, apresenta grupos de senhores: dois aqui, dois ali, em posturas equívocas. E talvez se veja ali uma espécie de reacção contra aquilo a que você chamava há pouco «a santidade do lugar»; mas, sem dúvida, e algumas memórias do tempo permitem-nos acreditar que sim, que esses costumes se tivessem tornado bastante comuns para que ninguém se ofuscasse mais do que aqueles alabardeiros que se aproximam dos tais senhores.

— Vinte vezes contemplei eu esse quadro sem nada ter observado de anormal.

— Cada um de nós só observa o que lhe interessa. Mas, tanto aqui como ali, tanto neste quadro como nas crónicas venezianas, eu diria que a pederastia (que, de resto, parece aqui virar sodomia) não me parece espontânea; parece bravata, vício, diversão excepcional de depravados, de embotados. Não posso deixar de considerar que, paralelamente, longe de ser popular e espontânea, ou de brotar rudemente da própria terra e do povo, como a da Grécia e a de Florença, a arte veneziana, «complemento da volúpia circunstante», dizia Taine, foi um prazer de magníficos, como a da renascença francesa sob Francisco I, tão feminista, comprada tão cara à Itália.

— Detalhe melhor a sua ideia.

IV

— Sim, creio que a exaltação da mulher é indício de uma arte menos natural, menos autóctone do que a que nos apresentam as grandes épocas de arte uranista. Tal como creio, desculpe-me a audácia, a homossexualidade num e no outro sexo mais espontânea, mais ingénua do que a heterossexualidade.

— Não é inconveniente andarmos depressa, quando já não nos importamos de não ser seguidos — disse-lhe eu com um encolher de ombros; mas ele continuou sem me ouvir:

— Foi o que Barrès compreendeu tão bem quando, desejando retratar na sua *Bérénice*([xi]) uma criatura tão próxima da natureza e obedecendo só ao instinto, fez dela uma lésbica, a amiga da pequena «Bougie Rose». É só pela *educação* que ele a instrui para o amor heterossexual.

— Está a atribuir a Maurice Barrès secretas intenções que ele não tinha.

— De cujas consequências, talvez, ele não previa, pode dizer quando muito; contudo, você sabe bem que nos primeiros livros do seu amigo até a emoção é intencional. «A Bérénice representa para mim», diz ele, dogmaticamente, «a força misteriosa, a impulsão do mundo»; encontro mesmo, algumas linhas adiante, uma subtil intuição e definição do seu papel anagenético, quando fala da «serenidade da sua função, que é dar vida a tudo o que recai sobre ela»; função que ele compara e opõe à sua catagénica «agitação da mente».

Eu não tinha bem em mente o livro de Barrès de maneira que pudesse discuti-lo; já ele continuava:

— Tenho curiosidade em saber se Barrès conhecia, tão vizinha da sua ideia, uma opinião de Goethe sobre o uranismo que regista o chanceler Müller([xii]) (Abril de 1830). Permita-me que lha leia: «*Goethe entwickelte, wie diese Verirrung eigentlich daher komme, dass, nach rein aesthetischem Masstab, der Mann weit schöner, vorzüglicher, vollendeter als die Frau sei.*»

— Você pronuncia tão mal que eu até tenho dificuldade em compreender. Traduza logo, se faz o favor.

— «Goethe explicou-nos exactamente o modo como essa aberração tinha lugar, porque, de acordo com a pura regra estética, o corpo do homem era mais belo sobremaneira, e mais perfeito, e mais acabado do que o corpo da mulher.»

— Eis algo que não tem nada que ver com o que me citava de Barrès — retomei, impacientemente.

— Espere um instante; estamos a chegar à encruzilhada: «Tal sentimento, uma vez despertado, tresvaria facilmente para o bestial. A pederastia é velha como a própria humanidade» («*Die Knabenliebe sei so alt wie die Menschheit, und man könne daher sagen, sie liege in der Natur*»), «e podemos assim dizer que é natural, que repousa sobre a natureza» («*ob sie gleich gegen die Natur sei*»), «ainda que ela vá de encontro à natureza. O que a cultura ganhou, o que conquistou à natureza, não o deixemos escapar; que a nenhum preço nos desfaçamos disso.» («*Was die Kultur der Natur abgewonnen habe, werde man nicht wieder fahren lassen; es um keinen Preis aufgeben.*»)

— É possível que os costumes homossexuais se tenham aclimatado à raça germânica tão profundamente que parecem naturais a alguns Alemães (os recentes escândalos de além-Reno convidam-nos a supô-lo), mas para os cérebros bem franceses essa teoria de Goethe continuará a ser, pode temê-lo, perfeitamente assombrosa.

— Uma vez que lhe agrada fazer intervir a questão étnica, deixe-me ler-lhe algumas linhas de Diodoro Sículo([4]), um dos primeiros escritores de que tenho conhecimento a informar-nos sobre os costumes dos nossos antepassados: «Ainda que as suas mulheres sejam agradáveis», diz ele dos Celtas, «eles afeiçoam-se pouco a elas, enquanto manifestam uma paixão extraordinária pelo comércio dos machos. Estendidos sobre as peles de animais que cobrem o chão, têm por costume ali se rebolarem, tendo de ambos os lados um companheiro de cama.»

— Não é aqui manifesta a intenção de desacreditar aqueles que os Gregos consideravam como bárbaros?

— Estes costumes, à época, não desacreditavam nada. Aristóteles, também ele, na sua *Política*, fala dos Celtas, casualmente, e isto depois de se ter queixado de Licurgo ter negligenciado as leis relativas às mulheres, o que conduz, diz ele, a grandes abusos, «sobretudo quando os homens são levados a deixarem-se dominar por elas, disposição das raças enérgicas e guerreiras. Exceptuo, no entanto», acrescenta, «os Celtas e algumas outras nações que honram abertamente o amor viril.»([5])

— Se o que dizem os seus Gregos for verdade, admita que escapámos de boa!

— Sim, cultivámo-nos um pouco; é isso, precisamente, o que diz Goethe.

— E você convida-me, portanto, a considerar com ele o pederasta como um retardado, um inculto...

([4]) Livro V, 32.([xiii])

([5]) Aristóteles, *Política*, livro II, capítulo IX.

— Talvez não; mas a pederastia como um instinto muito ingénuo e repentista.

— É aí que essa inspiração, tão frequentemente homossexual, da poesia bucólica grega e latina encontrará, porventura, a sua desculpa — poesia onde, mais ou menos facticiamente, se pretende reviver os ingénuos costumes da Arcádia.([6])

— A poesia bucólica começou a ser factícia no dia em que o poeta deixou de estar apaixonado pelo pastor. Mas talvez seja preciso ver nisso também, assim como na poesia oriental, árabe ou persa, uma consequência da situação imposta à mulher e que importará examinar; uma questão de comodidade... Destas palavras de Goethe, quero reter sobretudo o que elas admitem de cultura, digamos antes: de aprendizagem na heterossexualidade. Pode ser, com efeito, natural que o homem-criança, o homem primitivo, procure indistintamente o contacto, a carícia, e não precisamente o coito; e mesmo que alguns, ou que muitos, se sintam mais desconcertados e repelidos pelo mistério de um sexo oposto, neste momento em que já não os guia a atracção de nenhum cheiro. (Veja que eu estou a pôr de parte o argumento da menor beleza, pois não penso que a atracção sexual deva necessariamente depender disso.) E, porventura, alguns poderão sentir-se

([6]) «Os estranhos amores de que estão repletas as elegias dos poetas antigos, e que nos surpreendem tanto, e que nós não conseguíamos conceber, são, portanto, verosímeis e possíveis. Nas traduções que se faziam, púnhamos nomes de mulheres no lugar dos que lá estavam. Juventius acabava Juventia; Aléxis mudava para Xante. Os belos rapazes tornavam-se belas raparigas; recompúnhamos assim o harém monstruoso de Catulo, de Tibulo, de Marcial e do doce Virgílio. Era uma ocupação bem delicada, *que provava apenas quão pouco havíamos compreendido o génio antigo.*» (Gautier([xiv]), *Mademoiselle de Maupin*, volume II, capítulo IX, pp. 13–14, 1.ª edição).

irresistivelmente atraídos mais por um sexo do que por outro, como explica Aristófanes([xv]) no *Banquete* de Platão; mas, mesmo atraído exclusivamente pelo outro sexo, defendo que, completamente abandonado à sua particular iniciativa, o homem teria bastante dificuldade em ousar o gesto preciso, e não saberia inventá-lo sempre, e mostrar-se-ia incompetente desde o princípio.

— O amor sempre guiou o amador.

— Guia cego; e, uma vez que utiliza já esse termo — *amor*, que eu queria ainda reservar —, acrescento: o homem será tanto mais incompetente quanto mais apaixonado estiver; sim, quanto mais fizer acompanhar o seu desejo de um amor real; sim, logo que o seu desejo deixar de ser completamente egoísta, poderá temer magoar o ser amado. E enquanto ele não for instruído por qualquer exemplo, nem que seja o dos animais, por qualquer lição ou iniciação prévia, que o seja, enfim, pela própria amante...

— Pois claro!, como se o seu desejo não encontrasse complemento suficiente no desejo recíproco da amante!

— Não estou mais convencido disso do que estava Longo.([xvi]) Lembra-se dos erros, das hesitações de Dáfnis? Pois quê!, não tem ele necessidade, esse grande trapalhão apaixonado, de que uma cortesã o instrua?

— As trapalhices e as delongas de que você fala só servem para fornecer a esse romance tão nu algum estofo e alguma aventura.

— Não, não! Sob um ligeiro revestimento de afectação, reconheço neste livro admirável uma profunda ciência daquilo a que o Sr. Gourmont chama *a Física do Amor*, e eu tomo a história de *Dáfnis* e *Cloé* como exemplarmente natural.

— Onde pretende chegar?

— Aqui: que os pastores sem instrução de Teócrito agiam mais ingenuamente; que «o instinto» não basta sempre, não basta muitas vezes, para resolver este enigma do sexo oposto: aí, é necessária alguma aplicação. Simples comentário às palavras de Goethe...

E eis porque vemos, em Vergílio, Dametas ainda chorar a fuga de Galateia sob os salgueiros enquanto Menalcas, ao pé de Amintas, saboreia já um prazer sem reservas.

At Mihi sese offert ultro, meus ignis, Amyntas.(xvii)

«Quando o amante se une ao amado», diz admiravelmente Leonardo da Vinci, «repousa.»(xviii)

— Se a heterossexualidade comporta alguma aprendizagem, admita que não lhe faltam, hoje em dia, nos campos e nas cidades, aprendizes mais precocemente desembaraçados do que Dáfnis.

— Ao passo que, nos nossos dias, mesmo (ou sobretudo) nos campos, os jogos homossexuais são bastante raros e bastante desconsiderados. Sim; dizíamo-lo anteontem: tudo, nos nossos costumes e nas nossas leis, precipita um sexo para o outro. Que conspiração, confessa ou clandestina, para persuadir o jovem rapaz, desde antes do despertar do desejo, que todo o prazer se prova com a mulher; que fora dela não há prazer algum! Que exagero, até ao absurdo, dos encantos do «sexo frágil», em comparação com o sistemático desvanecimento, o afeamento, a ridicularização do masculino. Contra o que se insurgirão, porém, certos povos artistas, em quem vimos a sensibilidade do traço primar sobre a preocupação das «convenções», nas épocas mais valorosas e mais admiradas.

— Já respondi a esse ponto.

— Admirando com o Sr. Perrier, se bem me lembra, esta constante preocupação do adorno pelo qual o eterno feminino procura, em todos os tempos e lugares, avivar o desejo do homem, suprir uma beleza insuficiente.

— Sim, aquilo a que você chama «o encanto postiço». Que soube você provar? Que o ornamento fica bem às mulheres. Que belo avanço! Nada mais desagradável do que um homem que se atavia e se maquilha.

— Mais uma vez, a beleza do adolescente não tem nada que ver com maquilhagem; vimo-la na estatuária grega triunfar na sua nudez. Mas queira reconhecer que a sua reprovação se funda somente nos nossos hábitos ocidentais; contudo, não ignora que os orientais, entre outros, nem sempre pensam como nós.([7]) Limite-se a adornar o adolescente, ornamente-o, em vez de o esconder e de o estragar, faça ressaltar a sua beleza, pode presumir o que daí resulta de acordo com esta página de Montesquieu([xx]):

«Em Roma, as mulheres não sobem ao palco; são os *castrati*, vestidos de mulheres. Isso tem muito mau efeito nos costumes: pois nada (que eu saiba) inspira mais o amor filosófico aos Romanos.» E adiante: «Havia, no meu tempo, em Roma, no teatro de Capranica, dois pequenos castrados, Mariotti e Chiostra, vestidos de mulher, que eram as mais belas criaturas que eu já tinha visto na minha vida e que

---

([7]) É assim que o encantador Gérard de Nerval([xix]), muito perto de se deixar enlevar, conta ele, por duas «sedutoras almeias» que vê dançar no Egipto, no mais belo café do Mousky — e que ele retrata como «muito belas, de rosto aguerrido, de olhos árabes avivados pelo *khôl*, de faces cheias e delicadas» —, no instante em que «se dispõe a colar-lhes sobre a testa algumas moedas de ouro, segundo as tradições mais genuínas do Levante», se apercebe a tempo de que as suas belas dançarinas são jovens rapazes que merecem, quando muito, que lhes «deitem algumas piastras.» (*Voyage en Orient*, volume I, pp. 140-141)

teriam inspirado o gosto de Gomorra às pessoas que têm o gosto menos depravado a esse respeito.»

«Um jovem inglês, acreditando que um desses dois era uma mulher, ficou loucamente apaixonado, e lá o foram entretendo nessa paixão por mais de um mês. Antigamente, em Florença, o grão-duque Cosme III tinha deliberado a mesma coisa (?) por devoção. Vejam bem o efeito que aquilo devia produzir em Florença, que foi, a esse respeito, a nova Atenas!» (*Voyages I*, pp. 220–221). E cita a propósito o «livra-te do natural, que volta num instante», de Horácio: «*Naturam expelles furca, tamen usque recurret*» ([xxi]), a que podemos bem dar o sentido que quisermos.

— Pois, já o entendo bem, neste momento: o «natural» para si é a homossexualidade; e o que a humanidade tinha ainda a impertinência de considerar como relações naturais e normais, as que se estabelecem entre homem e mulher, eis o que é para si artificial. Vá lá!, atreva-se a dizê-lo.

Ele calou-se um momento; depois:

— Talvez seja conveniente elevar ao absurdo a minha ideia; mas ela não parecerá assim tão audaciosa quando, no meu livro, a deixar muito naturalmente desprender-se das premissas que há pouco assentámos.

Pedi-lhe, então, que voltássemos a esse livro, que me parecia termos perdido de vista por demasiado tempo. Ele retomou:

V

— Ontem, tinha tentado mostrar-lhe que a imperatividade do «instinto sexual» continuava a ser, nos animais, de uma urgência e precisão muito menos constantes do que agrada a muitos afirmar; e procurava desenredar, através do complexo feixe que esta expressão («instinto sexual») abarca indistintamente aos molhos, qual é a pura lição do órgão, a sua exigência, qual é a transigência do gosto, qual é a obediência ao motivo exterior, ao objecto; descobria que esse feixe de tendências só se encontra compacto e encadeado no momento único em que o odor da ovulação guia o macho e o precipita para o coito.

Hoje, observava: que nenhum cheiro subjuga o olfacto do homem, e que a mulher, não dispondo de nenhuma persuasão peremptória (entenda-se: daquela irresistível atracção momentânea do animal), já só podia pretender ser *constantemente* apetecível, e nisso se aplicava engenhosamente, com o assentimento, o encorajamento e o auxílio (pelo menos, nos nossos países ocidentais) das leis, dos costumes, etc. Observava que o artifício, muitas vezes, e a dissimulação (cuja forma nobre é o pudor), que o ornamento e o véu provêm à insuficiência de encanto... Quer isso dizer que certos homens não seriam atraídos irresistivelmente pela mulher (ou por tal mulher em particular) quando a vissem despida de qualquer adorno? Claro que não!, tal como vemos outros que, apesar de todas as solicitações do sexo frágil, as injunções, as prescrições, o perigo, permanecem irresistivelmente atraídos pelos rapazes. Mas defendo que, na maior parte dos casos, o apetite que desperta no adolescente não tem uma exigência muito precisa; que a volúpia lhe sorri, de qualquer sexo que seja a criatura que a dispensa, e que ele deve mais os seus costumes à lição do exterior do que à decisão do desejo; ou, se preferir, digo que é raro que o desejo se precise a ele próprio e sem o apoio da experiência.(xxii) É raro que os dados das primeiras experiências sejam ditados unicamente pelo desejo, ainda que eles possam corresponder ao que o desejo escolheu. Não há vocação mais fácil de falsear do que a sensual e...

— E ainda que assim fosse!... Pois já vejo o que aí vem: está a insinuar que, se se abandonasse cada adolescente a si mesmo, e se a objurgação exterior não se intrometesse — por outras palavras: se a civilização deixasse andar —, os homossexuais seriam ainda mais numerosos do que já são.

É a minha vez de lhe servir a frase de Goethe: «Há que não deixar escapar esta vitória da cultura sobre a Natureza; há que a segurar a todo o custo.»

. . . .

Quarto diálogo

— Apareceu um livro nos últimos anos — disse ele — que não deixou de provocar algum escândalo. (E admito que eu próprio não pude defender-me, quando o li, de um sobressalto de reprovação.) Talvez o conheça?

Córidon estendeu-me então o tratado: *Du Mariage*, de Léon Blum([i]).

— Diverte-me — disse eu — ouvi-lo, por sua vez, falar de reprovação. Sim; eu li este livro. Achei-o engenhoso; e, por isso mesmo, bastante perigoso. Os judeus passaram a ser mestres na arte de desagregar as nossas instituições mais respeitadas, as mais veneráveis, mesmo aquelas que são o fundamento e o suporte da nossa civilização ocidental, em prol de não sei que licença e desleixe dos costumes, que repugna, felizmente, ao nosso bom senso e ao nosso instinto de sociabilidade latina. Sempre pensei que talvez fosse esse o traço mais característico da sua literatura; do seu teatro em particular.

— Protestaram contra esse livro — retomou ele —, mas ninguém o refutou.

— Porque os protestos bastavam.

— Não impede que o problema persista, e escamoteá-lo não é resolvê-lo — por mais indignado que se fique com a solução que preconiza Blum.

— Qual problema?

— Prende-se directamente com aquilo que eu lhe dizia anteontem: o macho tem muito mais para despender do que aquilo que convém para responder à função reprodutiva do sexo oposto e assegurar a reprodução da espécie. A despesa à qual o convida a Natureza é muito difícil de resolver e arrisca tornar-se prejudicial à boa ordem da sociedade tal como os povos ocidentais a compreendem.

— Daí aquela nostalgia do harém, no livro de Blum, que repugna, disse eu, aos nossos costumes, às nossas instituições ocidentais, essencialmente monogâmicas.([1])

— Nós preferimos o bordel.

— Cale-se.

— Digamos: a prostituição. Ou o adultério. Não há como fugir daqui... A menos que voltemos a dizê-lo, com o grande Malthus([iii]): «A castidade não é, como algumas pessoas a supõem, uma virtude forçada: tem o seu fundamento na natureza e na razão; com efeito, esta virtude é o único meio legítimo de evitar os vícios e a infelicidade que a lei da população engendra.»

— Evidentemente, a castidade é uma virtude.

— Com a qual as leis fazem bem em não contar demasiado, não é?

— Eu queria, no meu livro, recorrer à virtude só em último caso. Léon Blum, que nunca evoca a virtude, mas procura o

([1]) É pertinente citar aqui uma palavra de Napoleão: «A mulher é dada ao homem para fazer filhos. Ora, uma mulher única não poderia bastar ao homem para esse objectivo; ela não pode ser sua mulher quando amamenta; não pode ser sua mulher quando está doente; deixa de ser sua mulher quando já não pode dar-lhe filhos; o homem, que a natureza não pára, nem com a idade nem com outro desses inconvenientes, deve, portanto, ter várias mulheres.» *Mémorial*([ii]) (Junho de 1816).

menor inconveniente social, indigna-se de que o estado da prostituição, com a complacência das leis, envileça a jovem submissa. Creio que podemos entristecer-nos com ele.

— Sem contar com o perigo para a saúde pública, assim que essa prostituição escapa à desencorajadora ingerência do Estado.

— É por isso que Blum propõe dirigir às jovens raparigas, entenda-se às mais honestas, aquelas que em breve serão esposas e mães, a inquietação e o excesso dos nossos apetites masculinos.

— Sim, eu sei que isso me pareceu absolutamente monstruoso, e fez-me pensar se ele alguma vez teria frequentado a verdadeira sociedade francesa ou somente a dos Levantinos.

— Creio, com efeito, que vários católicos hesitariam em desposar uma criança cuja prévia aprendizagem tivesse sido obra de um judeu. Mas se você protestar igualmente a cada solução que se propõe...

— Vamos, diga lá a sua, que eu já tremo ao entrevê-la.

— Não é invenção minha. É mesmo aquela que tinha preconizado a Grécia.

— Pois claro! Cá vamos nós.

— Suplico-lhe que me escute com calma. Não posso coibir-me de esperar que, entre pessoas com a mesma formação e a mesma cultura, possamos sempre entender-nos, apesar de toda a diferença fundamental de temperamento. Desde a sua mais tenra infância que foi instruído como eu; ensinaram-no a venerar a Grécia, de que somos herdeiros. Nas nossas aulas e nos nossos museus, as obras gregas ocupam lugares de honra; convidam-nos a reconhecê-las pelo que elas são: milagres humanos de harmonia, de equilíbrio, de sabedoria e de serenidade; são-nos propostas como exemplos. Ensinam-nos, de outra parte, que a obra de arte nunca é um fenómeno acidental, e que é preciso procurar a sua explicação, a sua motivação, no próprio povo e no artista que a produz — não fazendo este mais do que enformar a harmonia que realizava primeiro em si mesmo.

— Sabemos tudo isso. Avance.

— Sabemos igualmente que a Grécia não prima unicamente nas artes plásticas e que encontramos também essa perfeição, essa alegria, essa facilidade na harmonia, em todas as outras manifestações da sua vida. Um Sófocles, um Píndaro, um Aristófanes, um Sócrates, um Milíade, um Temístocles ou um Platão não são menos admiráveis representantes da Grécia do que um Lisipo ou um Fídias. Este equilíbrio que nós admiramos em cada artista, em cada obra, é da Grécia inteira — bela planta sem atrofia; o pleno desenvolvimento de um ramo não prejudicou o desenvolvimento de outro.

— Tudo isso já lhe foi concedido há muito tempo, e não tem nada que ver com...

— Pois quê!, recusa-se a compreender que existe uma relação directa entre a flor e a planta que a suporta, a qualidade profunda da sua seiva, e a sua conduta, e a sua economia? Pretenderia você fazer-me admitir que aquele povo, capaz de oferecer ao mundo tais espelhos de sabedoria, de força graciosa e elogiável, não soube, ele próprio, comportar-se — não soube trazer essa feliz sabedoria, essa harmonia, à sua própria vida e ao regime dos seus costumes?! Mas quando se trata dos costumes gregos, deploramo-los, e, não podendo ignorá-los, desviamo-nos com horror([2]); não compreendemos,

([2]) Mas não sempre. É justo citar aqui a clarividente apreciação de Herder nas suas *Ideias sobre a Filosofia da História*([iv]).

ou fingimos não compreender; não queremos admitir que eles são parte integrante do conjunto, que eles são indispensáveis ao funcionamento do organismo social e que sem eles a bela flor que admiramos seria outra, ou não seria.([3])

Se, deixando as considerações gerais, examinássemos um caso particular: o de Epaminondas, por exemplo — que Cícero considera ser o maior homem que a Grécia jamais produziu —, «não se poderia desconvir», escreve um dos seus biógrafos (Walckenaer([vi])), «que ele oferecesse um dos modelos mais acabados do grande capitão, do patriota, do sábio»; e esse mesmo biógrafo pensa ter de acrescentar: «Parece-nos, infelizmente, demasiado certo que Epaminondas era dado a esse gosto infame ao qual os Gregos, e sobretudo os Beócios e os Lacedemónios (ou seja, os mais valorosos de entre eles), não atribuíam vergonha alguma.»([4]) (*Biographie Universelle*)

— Conceda-me, porém, que esses costumes ocupam na literatura grega somente um ínfimo lugar.

— Naquela que chegou até nós, talvez sim. E mesmo assim!([5]) Lembre-se de que Plutarco e Platão, quando falam

([3]) De modo que é tentador dizer com Nietzsche (o que ele dizia da guerra e da escravatura): «Ninguém poderá recusar-se a aceitar estas conclusões, se foram lealmente procuradas as causas daquela perfeição que a arte grega atingiu, e a arte grega apenas.» (Citado por Halévy([v]), p. 97)

([4]) Cf. as passagens de Pascal, de Montaigne e as narrativas da morte de Epaminondas.

([5]) «A *Ilíada* tem como tema único a paixão de Aquiles (...), o seu amor por Pátroclo. E foi o que um dos maiores poetas, e um dos mais profundos críticos do mundo moderno — e foi o que Dante muito bem compreendeu, quando, no seu *Inferno*, escreveu com a concisão característica: "*Achille Che per amor al fine combatteo.*" Este verso carregado de sentido faz-nos entrar profundamente na *Ilíada*. A fúria de Aquiles contra Agamémnon, que primeiro o faz retirar-se do combate, o amor de Aquiles por Pátroclo,

de amor, falam tanto do homossexual como do outro. Depois, peço-lhe que considere (e caso esta observação tenha já sido feita, não sei se lhe foi dado o devido valor) que praticamente todos os manuscritos antigos pelos quais conhecemos a Grécia passaram pelas mãos de pessoas da Igreja. Seria bastante pertinente que se estudasse a história dos antigos manuscritos. Neles veríamos, talvez, se os sábios monges que nos transcreveram os textos não suprimiram por vezes o que os escandalizava, por respeito à boa causa; ou se, pelo menos, não salvaram de preferência só aquilo que escandalizava menos. Lembre-se do número de peças de Ésquilo, ou de Sófocles; em 90 peças de um, em 120 do outro, não conhecemos mais do que sete. Mas sabemos que os *Mirmidões* de Ésquilo, por exemplo, falavam do amor de Aquiles por Pátroclo, e de uma maneira que os poucos versos que Plutarco cita nos deixam entrever o suficiente.([viii]) Mas adiante. Quero mesmo acreditar que o amor homossexual não tinha na tragédia grega mais lugar do que no teatro de Marlowe([ix]), por exemplo (o que seria já probante). O que é que isso provaria, senão que o drama não está aí? Ou, para me exprimir mais claramente: que não há nesses amores felizes matéria para tragédias.([6]) Por outro lado, a poesia lírica está cheia deles, e as narrativas mitológicas, e todas as biografias, todos os tratados — ainda que quase todos tenham passado pelo mesmo crivo expurgatório.

---

ultrapassando o amor da mulher, que, não obstante a sua fúria, o conduz, por fim, ao campo de batalha, eis os dois pólos que formam o eixo da *Ilíada*.» (J. A. Symonds, *The Greek Poets*, III, p. 80([vii]))

([6]) «Felizes são aqueles que amam quando são amados de volta», diz Bíon([x]) no seu oitavo idílio. Depois, dá três exemplos desses amores felizes: Teseu e Pirítoo, Orestes e Pílades, Aquiles e Pátroclo.

— Não sei aqui que lhe responda. Não estou suficientemente informado.

— Também não é isso o que mais me importa. Pois o que é, ao fim e ao cabo, um Hilas, um Bátilo ou um Ganimedes([xi]) ao pé das admiráveis figuras de Andrómaca, Ifigénia, Alceste e Antígona que as tragédias nos deram? Pois bem, defendo que é igualmente à pederastia que devemos essas imagens puras de mulheres. Não creio ser arrojado reparar aqui que se passa o mesmo com Shakespeare.([xii])

— Se isso não é um paradoxo, queria mesmo saber...

— Oh! Vai compreender depressa, se quiser considerar que com os nossos costumes nenhuma literatura deu mais lugar ao adultério do que a francesa; sem falar de todas as semivirgens e de todas as semiputas. Você quer suprimir aquele exutório que a Grécia propunha, que o indigna a si e que a ela lhe parecia natural. Então, faça santos; senão, o desejo do homem vai desviar a esposa, conspurcar a rapariga... A rapariga grega era educada, não tanto em vista do amor mas da maternidade. O desejo do homem, já o vimos, dirigia-se para outro lado; pois nada parecia mais necessário ao Estado, nem merecer mais o respeito, do que a tranquila pureza do gineceu.

— De modo que, segundo diz, é para salvar a mulher que se sacrifica a criança.

— Vai permitir-me examinar daqui a pouco se haveria nisso sacrifício algum. Mas queria, já agora, responder a uma especiosa objecção; faço questão: Pierre Louÿs acusa Esparta de não ter conseguido produzir nenhum artista; vê nisso uma ocasião para se insurgir contra uma virtude demasiado austera que, diz ele, não soube formar senão guerreiros; e mesmo assim deixaram-se derrotar. «A grandeza e a glória de Esparta são muito pouca coisa para quem não é um cego admirador da Antiguidade», escrevia o Sr. Laboulaye(xiii) numa nota a Montesquieu, «desse convento de soldados saiu outra coisa além de destruição e ruína? O que é que a civilização deve a esses bárbaros?»([7])

— Sim, lembro-me do queixume; outros apropriaram-se dele.

— Mas não sei se é muito justo.

— Porém, os factos estão à vista.

— Primeiro, não se esqueça de que é a Esparta que devemos a ordem dórica, essa mesma de Pesto e do Pártenon. Depois, lembre-se de que, se Homero tivesse nascido em Esparta, e cego, teria sido relegado ao esquecimento. Imagino de bom grado que é aí, no esquecimento, que é preciso procurar os artistas lacedemónios; talvez Esparta não tenha sido capaz de os produzir, mas não tendo em vista e não lhe agradando mais do que considerar a perfeição física, e uma vez que a enfermidade corporal custa muitas vezes o preço do génio...

— Sim, compreendo o que quer dizer: Esparta destruía sistematicamente todos os filhos que, como diz Victor Hugo, nascessem «sem cor, sem olhar e sem voz»(xiv).

— O que, por outro lado, lhe permitiu realizar a mais bela forma humana. Esparta inventou a selecção. Não produziu escultores, é verdade; mas forneceu ao escultor o modelo.

— Até parece, ao ouvi-lo, que todos os modelos de Atenas vinham da Lacedemónia, como vêm hoje de Saracinesco os modelos de Roma. Isso é realmente caricato. Permita-me, porém, acreditar que os homens mais bem feitos da Grécia não eram necessariamente uns brutos, ou que, reciprocamente,

([7]) *Do Espírito das Leis*, IV, capítulo 6.

todos os seus artistas eram uns coxos ou cambaios. Recorde-se do jovem Sófocles em Salamina[xv]...

Córidon sorriu, e, com um gesto, mostrou que me deixava triunfar neste ponto. Retomou:

— Só mais uma nota em relação aos Espartanos: você não ignora que na Lacedemónia a pederastia não era só admitida mas também, se me atrevo, aprovada.[xvi] Também não ignora, de outra parte, que os Espartanos eram de uma tribo eminentemente guerreira. «Os Espartanos», lê-se em Plutarco, «eram os melhores artesãos e os mais hábeis preceptores que havia em tudo o que respeita à arte dos combates.» Do mesmo modo, não ignora que os Tebanos...

— Permita-me! — exclamei, interrompendo-o. — Hoje, também eu trago os meus textos. — E tirei do bolso um caderninho onde tinha copiado, na véspera à noite, esta frase do *Espírito das Leis* (IV, capítulo 8), que comecei a ler: «Coramos ao ler em Plutarco que os Tebanos, para suavizar os costumes dos seus jovens, estabeleceram pelas leis um amor que deveria ser proscrito por todas as nações do mundo.»

— Sim, é mesmo isso o que eu lhe dizia — ripostou ele sem corar; — hoje, não há ninguém que não o condene, e eu sei que é uma grande loucura[8] querer ser sábio sozinho; mas, já que me incita, releiamos juntos toda a passagem de Plutarco que faz indignar Montesquieu.

---

[8] «*He that opposes his own judgment against the current of the times ought to be backed with unanswerable truth, and he that has truth on his side is a fool as well as a coward, if he is afraid to own it, because of the multitude of other men's opinions. It is hard for a man to say, all the world is mistaken, but himself. But if it be so, who can help it?*»[xvii] Daniel Defoe (citado por Taine, *Littérature Anglaise*, IV, p. 88).

Ele foi procurar o grosso livro de *engomar os colarinhos*(xviii), que abriu na *Vida de Pelópidas*, onde leu:

«Em tantos combates que os Lacedemónios tinham travado, fosse com os Gregos ou com os bárbaros, ninguém se lembrava de eles terem alguma vez sido vencidos por inimigos inferiores em número, ou mesmo em número igual», como tinham acabado de ser em Tegira, no combate que Plutarco acaba de nos contar. «Esse combate foi o primeiro a ensinar a todos os povos da Grécia que não era somente nas margens do Eurotas que podiam nascer homens valentes e belicosos, mas em todos os povos em que a juventude corasse do que é vergonhoso, mostrasse a sua audácia nas acções mais honrosas e temesse mais a culpa do que o perigo — também aí são os homens mais temidos pelos seus inimigos.»

— Pois bem!, não fui eu quem o fez dizer: «os povos em que a juventude corasse do que é vergonhoso e temesse mais a culpa do que o perigo...»

— Tenho medo de o ter interpretado mal — retomou Córidon, gravemente — e que, desta passagem, pelo contrário, se deva precisamente induzir que a homossexualidade não era de todo culpabilizada. Tudo o que se segue refere-o com bastante clareza. — Ele retomou a leitura:

«O batalhão sagrado dos Tebanos foi organizado, diz-se, por Górgidas, e era composto por 300 homens de elite. O Estado comprometia-se com os custos dos seus exercícios e da sua manutenção... Alguns entendem que este corpo era composto por amantes e amados, e, a esse respeito, cita-se uma frase espirituosa de Pâmenes: "Há que colocar o amante ao pé do amado, pois será impossível dissipar e romper um batalhão formado por homens apaixonados uns pelos outros, porque aqueles que o compõem enfrentarão todos os perigos, uns pela afeição aos objectos do seu amor, outros por receio de se desonrarem aos olhos dos seus amantes."» Isto — disse Córidon então — fá-lo entender onde assentava para eles a noção de desonra. «Não há aqui nada de surpreendente», retoma o sábio Plutarco, «a ser verdade que os homens temem mais aqueles que os amam, mesmo ausentes, do que todos os outros, presentes.» — E diga lá se isto não é admirável?

— Evidentemente — ripostei. — Mas isso é verdade mesmo sem a intervenção dos maus costumes...

— «Foi o caso daquele guerreiro» — continuou a ler — «que, arrasado por um inimigo, e vendo-se perto de ser por ele degolado, lhe pediu e conjurou a mergulhar a espada no seu peito: "Que ao menos o meu amante, dizia ele, ao encontrar o meu cadáver, não tenha a vergonha de o ver golpeado por trás."» Conta-se também que Iolau, que amava Hércules, partilhava dos seus trabalhos e combatia a seu lado. (Mas, porventura, você preferia imaginar Hércules com Ônfale ou Dejanira?) Aristóteles escreve que, ainda no seu tempo, os amantes e aqueles que eles amavam iam fazer juramentos sobre o túmulo de Iolau. É, portanto, verosímil que se tenha dado a essa trupe o nome de «batalhão sagrado», seguindo o raciocínio que faz Platão dizer que um amante é um amigo no qual se sente alguma coisa de divino.([xix])

«O batalhão sagrado de Tebas permaneceu invencível até à batalha de Queroneia. Depois dessa batalha, Filipe, percorrendo o campo da carnificina, deteve-se no lugar onde jaziam os Trezentos; todos tinham o peito trespassado de golpes de pique e faziam um amontoado confuso de armas e de corpos reunidos e apertados. Contemplou aquele espectáculo com surpresa; e, ao se aperceber que era o batalhão dos amantes, derramou por eles uma lágrima e exclamou: "Pereçam miseravelmente aqueles que suspeitaram ter estes homens sido capazes de fazer ou sofrer algo de desonroso."»

— Pode dizer o que quiser — exclamei então. — Não conseguirá levar-me a considerar estes heróis como uns depravados.

— Mas quem é que procura apresentar-lhos como tais? E porque é que você não quer admitir que este amor seja capaz, tal como o outro, de abnegação, de sacrifício e, mesmo, por vezes, de castidade?([9]) Todavia, o seguimento da narrativa de Plutarco indica-nos que se, por vezes, muitas vezes talvez, ele conduzia à castidade, nem sempre aspirava a tal.

([9]) «O que atormentava vivamente Agesilau era o amor que o jovem Megabates tinha feito nascer no seu peito, ainda que, na presença de Megabates, fiel à sua ambição de não ser jamais vencido, combatesse o seu desejo com todas as forças. Um dia em que Megabates avançava para o cumprimentar com um beijo, chegou mesmo a desviar-se: a criança estacou, corando; e, na sequência disso, Megabates nunca mais lhe dirigiu uma saudação senão de longe. Por sua vez, Agesilau ficou contrariado e arrependeu-se de ter evitado aquele beijo; e afectou perguntar, com um ar admirado, porque é que Megabates já não o cumprimentava com um beijo. "És tu a causa disso", disseram-lhe os amigos, "uma vez que não quiseste deixar, que evitaste o beijo da bela criança, como se tivesses medo. Agora mesmo, ainda, ele se decidiria facilmente a regressar a esse beijo, mas à condição de não te desviares mais." Agesilau, depois de ter ficado um momento pensativo e silencioso: "É inútil que o vão buscar", disse; "pois o combate que travo aqui contra esse testemunho do seu carinho dá-me mais prazer do que se tudo o que tenho diante de mim se transformasse em ouro." Tal era Agesilau, enquanto Megabates estava perto dele. Mas quando Megabates partiu, consumiu-o uma paixão ardente: e se aquela criança tivesse regressado e aparecido diante dele, nada garante que Agesilau tivesse força para recusar os seus beijos.» (Plutarco, *Vida de Agesilau*, III, 77)

Você sabe que eu poderia citar, nesse sentido, abundância de exemplos, citar textos, e não apenas de Plutarco, que, reunidos, formariam por si só todo um volume. Vai querê-los? Tenho-os à sua disposição.

. . . .

Não acredito que haja uma opinião ao mesmo tempo mais falsa e mais acreditada do que a que considera os costumes homossexuais e a pederastia como o triste apanágio das raças efeminadas, dos povos em decadência, senão mesmo como uma importação da Ásia.([10]) É, pelo contrário, da Ásia que a plácida ordem iónica vem suplantar a máscula arquitectura dórica; a decadência de Atenas começou quando os Gregos deixaram de frequentar os ginásios; e, de momento, sabemos como isso deve ser interpretado. O uranismo cede perante a heterossexualidade. É a hora em que a vemos triunfar igualmente na arte de Eurípides([11]), e com ela, como um complemento natural, a misoginia.

— Porquê «misoginia» assim de repente?

— Que quer você? É um facto, e deveras importante; recíproco daquilo que eu o fazia observar há pouco.

— Mas o quê?

— Que devemos ao uranismo o respeito pela mulher e, por isso, as admiráveis figuras de mulheres e raparigas que encontramos no teatro de Sófocles e Shakespeare. E, tal como o respeito pela mulher acompanha habitualmente o uranismo, assim vemos a mulher menos honrada a partir do momento

([10]) «Os Persas, na escola dos Gregos, aprenderam a copular com rapazes.» (Heródoto, I, 135)

([11]) *Ateneu*, XIII, 81: «Sófocles amava os jovens rapazes tanto quanto Eurípedes as mulheres.» — *V. Ateneu*, capítulo LXXXII.

em que, geralmente, é mais cobiçada. Compreenda que isso é natural.

Reconheça também que os períodos uranianos, digamos assim, não são, de maneira nenhuma, períodos de decadência; não creio ser imprudente afirmar que, bem pelo contrário, os períodos de grande eflorescência artística — a grega no tempo de Péricles, a romana no século de Augusto, a inglesa no tempo de Shakespeare, a italiana no tempo do Renascimento, a francesa com o Renascimento e depois sob Luís XIII, a persa no tempo de Hafez, etc. — foram mesmo aqueles em que a pederastia, o mais ostensivamente (ia dizer: o mais oficialmente) se afirmava. Por pouco, diria até que os únicos períodos ou regiões sem uranismo são, do mesmo modo, os períodos ou regiões sem arte.

— Você não teme aqui alguma ilusão, e que esses períodos talvez lhe pareçam particularmente «uranianos», como você diz, simplesmente porque o seu lustro particular nos convida a ocupar-nos mais deles do que de outros e porque as obras às quais eles devem o seu brilho revelam melhor e mais indiscretamente as paixões que os animam?

— Está a conceder-me, enfim, o que eu lhe dizia em primeiro lugar: que o uranismo está difundido de um modo bastante universal. Vamos, estou a ver que o seu pensamento fez algum progresso — disse Córidon sorrindo. — Eu também não defendi que houvesse recrudescência nesses períodos viçosos, mas apenas admissão e afirmação. Talvez — acrescentou ao fim de um instante — se deva, porém, acreditar em alguma recrudescência nos períodos guerreiros. Sim, acredito que os períodos de exaltação marcial são essencialmente períodos uranianos, como também se vê em tribos belicosas particularmente inclinadas para a homossexualidade.

Ele hesitou alguns instantes; depois, bruscamente:

— Já se questionou alguma vez porque é que, no *Código Napoleónico*([xx]), nenhuma lei tende a reprimir a pederastia?

— Talvez porque — disse eu atrapalhado — Napoleão não atribuía importância a isso ou porque contava que a nossa repugnância instintiva bastaria.

— Talvez também porque essas leis teriam desde logo incomodado alguns dos seus melhores generais. Repreensíveis ou não, esses costumes estão tão longe de embrandecerem, estão tão perto de serem militares, que eu admito que temi por nós aquando desses badalados processos de além-Reno que nem a vigilância do imperador conseguiu abafar; e, já um pouco antes, aquando do suicídio de Krupp. Alguns, em França, tiveram a ingenuidade de ver aí indícios de decadência enquanto eu pensava baixinho: desconfiemos de um povo para quem até a depravação é guerreira e que reserva para a mulher a preocupação de lhe dar filhos bonitos.

— Perante a inquietante diminuição da natalidade em França, permita-me pensar que este não é, de modo algum, o momento de inclinar os desejos (se é que isso é possível) na direcção que você diz. A sua tese é, no mínimo, inoportuna. A repovoação...

— O quê? Acredita realmente que vão nascer muitas crianças de todas essas provocações ao amor? Acredita que todas essas mulheres que se dizem apaixonadas vão consentir serem engravidadas? Está a brincar!

Eu estou a dizer que a excitação descarada das imagens, dos teatros, dos *music halls* e da imensidão de jornais só contribui para o desvio da mulher dos seus deveres; para fazer da mulher uma amante perpétua, que já não consente na maternidade. Digo-lhe que isto é, de longe, mais perigoso para o Estado do que o próprio excesso de depravação — e que essa outra depravação comporta necessariamente menos despesa e menos excesso.

— Não lhe parece que o seu gosto particular e o seu interesse o arrastam?

— E ainda que assim fosse! O importante não é saber se eu tenho interesse em defender ou não esta causa, mas sim se ela merece ser defendida.

— De modo que, não contente em tolerar o uranismo, pretende fazer disso uma virtude cívica.

— Não me faça dizer coisas absurdas. Que o desejo seja homo ou heterossexual, a virtude é dominá-lo. Já vou voltar a esse ponto. Mas, sem defender, com Licurgo (pelo menos no que regista Plutarco), que um cidadão não podia ser verdadeiramente honesto e útil à República se não tivesse um amigo([12]), defendo que o uranismo não é, em si mesmo, de maneira nenhuma, nefasto à boa ordem da sociedade e do Estado; bem pelo contrário.

— Negará, então, que a homossexualidade se faz acompanhar muitas vezes de taras intelectuais, tal como defendem vários dos seus confrades? (É ao médico que me dirijo.)

— Se não se importar, vamos deixar de lado os invertidos. É por sua culpa que isto acontece, que as pessoas mal informadas confundem os homossexuais normais com eles. E você compreende, espero eu, o que quero dizer por «invertido». A heterossexualidade, do mesmo modo, conta também com

([12]) «Os namorados partilhavam a vergonha ou a glória das crianças com as quais estavam relacionados... Trabalhavam todos à porfia de quem fizesse o seu amigo mais virtuoso.» (*Vida de Licurgo*)

degenerados, maníacos, doentes. Sou obrigado a reconhecer, com quanta pena!, que, demasiadas vezes, entre os outros...

— Aqueles a quem você tem o descaramento de chamar pederastas normais.

— Sim... Podemos observar entre eles, por vezes, certas falhas de carácter, das quais faço responsável unicamente o estado dos nossos costumes. Contudo, acontece sempre a mesma coisa cada vez que um apetite natural é sistematicamente contrariado. Sim, o estado dos nossos costumes tende a fazer da inclinação homossexual uma escola de hipocrisia, de malícia e de revolta contra as leis.

— Atreva-se a dizer: de crime.

— Evidentemente, se fizer da coisa em si um crime.([13]) Mas é precisamente isso o que eu reprovo aos nossos costumes; tal como faço a reprovação que difama as raparigas grávidas responsável por três quartos dos abortos.

([13]) A quanta denegação de justiça pode deixar-se conduzir a opinião, nada o esclarece melhor, porventura, do que este artigo do *Matin* (7 de Agosto de 1909), no seguimento do caso Renard: *Moral de um Processo*: «Desde há longos anos, nenhum acusado tinha tantas dúvidas a seu favor quanto Renard, ao comparecer diante do Tribunal Criminal do Sena. No entanto, o júri não hesitou e enviou-o para a cadeia. Diante do Tribunal Criminal de Versalhes, as dúvidas eram, afinal, ainda maiores; no entanto, o júri de Versalhes condenou-o, também ele, sem piedade. Diante do Supremo Tribunal de Justiça, o recurso prometia ter sérias possibilidades de ser admitido; no entanto, foi instantaneamente rejeitado. E a opinião pública — com algumas raras excepções, que nem era preciso mencionar (?) — alinhou-se em todas as ocasiões do lado dos jurados e dos magistrados.... Porquê? Porque ficou provado que Renard, *mesmo admitindo que não matou*, era um monstro odioso e repugnante. Porque havia na multidão aquela impressão de que Renard, *mesmo inocente do homicídio do Sr. Remi*, não destoava da colecção de indivíduos que a sociedade rejeita para os mandar apodrecer na Guiana», etc.

— Permito-lhe mesmo, mais geralmente, fazer desses bons costumes os responsáveis, em parte, pela diminuição da natalidade.

— Sabe como Balzac chamava aos costumes? «A hipocrisia das nações.» ([xxi]) É, na verdade, chocante como, sobre questões tão graves, tão urgentes, tão vitais para o país, se prefere o termo à coisa, a aparência à realidade, e facilmente se sacrifica o abastecimento do *stock* pela montra...

— Onde é que você quer chegar agora?

— Oh!, já não estou a pensar na pederastia; mas sim na despovoação da França. Mas isso levar-nos-ia demasiado longe...

Para voltar ao assunto que nos ocupa, convença-se de que, na sociedade, e entre aqueles que o rodeiam e que você mais frequenta, são numerosas as pessoas que você tem em muito boa estima e que são tão pederastas como Epaminondas ou eu. Não espere que eu nomeie alguém. Cada um deles tem sempre as melhores razões do mundo para se esconder. E sempre que há suspeitas a respeito de alguém, preferimos fingir que ignoramos, prestamo-nos a esse jogo hipócrita. O próprio excesso de reprovação que você professa pela coisa protege o delinquente, tal como acontece com as sanções excessivas que faziam dizer a Montesquieu: «A atrocidade das leis impede a sua execução. Quando a pena é desmesurada, somos muitas vezes obrigados a preferir a impunidade.» ([xxii])

— Então, de que se queixa você?

— Da hipocrisia. Da mentira. Do mal-entendido. Desse ar de contrabandista a que vocês obrigam o uranista.

— Enfim, você queria era voltar aos costumes gregos.

— Assim quisessem os Deuses!, e para maior bem do Estado.

— O cristianismo, graças a Deus, passou por aqui, varrendo, assassinando, perfumando e sublimando tudo isso; fortificando a família, consagrando o casamento e, fora dele, preconizando a castidade; é neste ponto que eu o espero.

— Ou você me terá ouvido muito mal, ou terá porventura compreendido que eu não admito nas minhas ideias nada de contrário ao casamento nem de funesto à castidade. Posso voltar a dizer com Malthus: «Ficaria inconsolável se dissesse o que quer que fosse, directa ou indirectamente, que pudesse ser interpretado num sentido contrário à virtude.»([xxiii]) Eu não oponho o uranismo à castidade, mas sim um desejo, satisfeito ou não, a outro desejo. E, precisamente, defendo que a paz familiar, a honra da mulher, a respeitabilidade do lar e a saúde dos esposos eram mais seguramente preservados com costumes gregos do que com os nossos; e, igualmente, a castidade e a virtude, mais nobremente ensinadas, mais naturalmente atingidas. Pensa que Santo Agostinho teve mais dificuldade em elevar-se a Deus por ter dado o coração primeiro a um amigo que ele amava tanto quanto nunca amara uma mulher?([xxiv]) Julga realmente que a formação uraniana das crianças da antiguidade as dispunha mais à depravação do que a formação heterossexual dos nossos pupilos de hoje? Creio que um amigo, mesmo no sentido mais grego do termo, é de melhor conselho para um adolescente do que uma amante. Creio que a educação amorosa que uma Senhora de Warens([xxv]), por exemplo, pôde dar ao jovem Jean-Jacques foi muito mais nefasta para ele do que teria sido qualquer outra educação espartana ou tebana. Sim, creio que Jean-Jacques teria ficado menos viciado e até, frente a frente com as mulheres, mais... viril se tivesse seguido um pouco mais de perto o exemplo desses heróis de Plutarco, que, não obstante, ele muito admirava.

Uma vez mais, não oponho à castidade a depravação, seja ela de que ordem for; mas sim uma impureza a outra impureza; e duvido que o jovem rapaz possa chegar ao casamento mais estragado do que certos jovens heterossexuais de hoje.

Digo que, se o jovem rapaz se perde de amores por uma jovem rapariga, e se esse amor é profundo, há grandes possibilidades de esse amor ser casto, e não desde logo eivado de desejos. E foi isso que bem compreendeu Victor Hugo, que em *Os Miseráveis* nos persuade de que Marius teria mais depressa corrido para casa de uma rapariga do que levantado apenas com o olhar a borda da saia de Cosette([xxvi]); e também Fielding, no seu admirável *Tom Jones*, que faz o seu herói derrubar tantas mais moças de albergaria quanto mais apaixonado está por Sophie([xxvii]); e foi com isso que Merteuil tão bem jogou, no incomparável livro de Laclos, quando o pequeno Dancenis se perde de amores pela pequena Volange.([xxviii]) Mas acrescento que, em vista do casamento, seria mais benéfico para cada um destes que os seus prazeres provisórios fossem de outra ordem, e que isso seria menos arriscado.

Enfim, se me permitir opor o amor ao amor, digo que a afeição apaixonada de alguém mais velho, ou de um amigo da mesma idade, é muitas vezes tão capaz de abnegação como qualquer outra afeição feminina. Abundam exemplos disso, e ilustres.([14]) Mas aqui, tal como em Bazalgette, na sua tradução de Whitman, você substitui de bom grado o termo *amor*, que propõe o verdadeiro texto e a realidade, pelo termo

([14]) V. em particular Fielding, *Amelia*, III, capítulos 3 e 4.

não comprometedor de *amizade*.[15] Digo que esse amor, se é profundo, tende para a castidade[16] — mas apenas, escusado seria dizer, se ele incorporar em si o desejo, o que a simples amizade nunca obtém — e que possa ser para a criança o melhor convite à coragem, ao trabalho, à virtude.[17]

Digo também que alguém mais velho se dá conta dos problemas de um adolescente melhor do que o faria uma mulher, e mesmo uma especialista na arte de amar; certo é que conheço algumas crianças demasiado dadas a costumes solitários, para quem me palpita que aquela forma de afeição seria o meio mais seguro de se curarem.

«Já vi alguém desejar ser moça, e uma bela moça, desde os 13 até aos 22 — e, depois dessa idade, tornar-se homem» — diz La Bruyère[xxxi] («Das Mulheres», § 3), fixando um pouco tarde, na minha opinião, o momento em que se precisa a direcção heterossexual do adolescente. Até então, o seu desejo é flutuante e fica à mercê dos exemplos, das indicações, das

---

[15] «Existirá um sentimento mais delicado e mais nobre do que a amizade ao mesmo tempo apaixonada e tímida de um jovem rapaz por outro? Dos dois, aquele que ama nem se atreve a exprimir o seu afecto com uma carícia, um olhar, uma palavra. É uma ternura clarividente, que sofre com a mais ligeira falha da parte daquele que é amado; é feita de admiração e esquecimento de si, de orgulho, de humildade e de uma alegria serena.» (Jacobsen, *Niels Lyhne*[xxix], p. 69)

[16] «Lubricidade e ardor nos rins não têm nada em comum, ou muito pouco, com o Amor.» (Louise Labé[xxx], *Débat de Folie et d'amour, Discours III*)

[17] «E mais do que isso», diz Plutarco *na Vida de Licurgo*, «imputava-se aos namorados a opinião, boa ou má, que se concebia das crianças que eles tinham escolhido para amar, de modo que se diz que, algumas vezes, uma jovem criança, ao combater contra outra, se deixasse escapar da boca um grito que denunciasse o seu peito cobarde e fracassado, o seu namorado seria condenado a uma multa pelos guardas da cidade.»

provocações de fora. Ele ama ao acaso; ignora, e, até aos 18 anos, mais ou menos, convida mais a que o amem do que sabe amar.

Enquanto continua a ser este «*molliter juvenis*» de que fala Plínio([xxxii]), mais desejável e desejado do que desejoso, se alguém mais velho se afeiçoa a ele, penso, como se pensava anteontem nesta civilização que vocês se limitam a admirar pela casca, que nada se lhe pode apresentar de melhor, de preferível do que um amante. Que esse amante, ciosamente, o rodeie, o vigie, e ele próprio, exaltado, purificado por esse amor, o guie na direcção daqueles radiosos cumes que não se atingem sem amor. Já que, pelo contrário, se esse adolescente cair nas mãos de uma mulher, isso pode ser--lhe funesto; lastimavelmente, não temos senão demasiados exemplos disso. Mas nessa idade demasiado tenra, como o adolescente só saberia ainda ser um amante bastante medíocre, não é, felizmente, natural que uma mulher se afeiçoe a ele.

Dos 13 aos 22 anos (para retomar a idade assinalada por La Bruyère), é, para os Gregos, a idade da camaradagem amorosa, da exaltação comum, da mais nobre emulação. Só depois disso é que o rapaz, segundo os seus preceitos, «deseja tornar-se homem», quer dizer, pensa na mulher — quer dizer: em casar-se.

Eu tinha-o deixado discorrer à sua vontade e coibira-me de o interromper. Depois de ele ter acabado, permaneceu algum tempo à espera de um protesto da minha parte. Mas, sem nada acrescentar senão um adeus, peguei no chapéu e saí, convencido de que a certas afirmações um bom silêncio responde melhor do que tudo o que se possa achar para dizer.

Notas do tradutor

PREFÁCIO (1924)

(i) Gide refere-se, sem dúvida, a Madeleine (Goulet, 2009: 1186), sua mulher (e prima), com quem, desde criança, manteve uma relação intensa, quase platónica.

(ii) Magnus Hirschfeld (1868–1935) foi um médico alemão que fundou, em 1897, a primeira organização mundial de pesquisa científica a favor dos direitos dos homossexuais (*Wissenschaftliche-humanitäre Komitee*). Preconizava, nomeadamente, a abolição da lei alemã que previa a prisão e a perda de direitos cívicos para homens envolvidos em «actos contranatura» entre si. Com as suas obras, popularizou, a partir da teoria de Karl Heinrich Ulrichs (1825–1895), o conceito de «terceiro sexo» (Goulet, 2009: 1186).

A alusão a Marcel Proust (1871–1922) deve-se a *Sodome et Gomorrhe* (1921–1922), quarto volume da saga *À la Recherche du Temps Perdu*. Gide criticou duramente o amigo, com quem muito conversou a propósito da homossexualidade de ambos, ao deparar-se com a representação do homossexual como «homem- mulher» na figura de Charlus, personagem daquele romance. É essa mesma ideia estereotipada do uranismo como mera inversão sexual, ou efeminação, não isenta de ridículo e patetismo, que Gide se propõe rebater em *Córidon*. De resto, terá sido este livro de Proust o derradeiro catalisador para a publicação comercial de *Córidon*, até então relegado para o fundo de uma gaveta (Goulet, 2014: 180–188; *v.* Introdução).

PREFÁCIO (1920)

(i) Edição exclusiva, e não comercial, limitada a 21 exemplares (*v.* Introdução).

(ii) Citação convencionalmente atribuída ao dramaturgo norueguês Henrik Ibsen (1828–1906); no entanto, não foi possível localizar a sua origem.

PRIMEIRO DIÁLOGO

(i) Foram vários os processos relativos a casos de homossexualidade que se tornaram mediáticos no início do século xx. Além do de Oscar Wilde e dos casos alemães que, escrupulosamente acompanhados pela imprensa francesa, chocaram os contemporâneos de Gide (Goulet, 2014: 93–99), houve também em França alguns episódios polémicos. Talvez o mais badalado, e sem dúvida decisivo para a causa de Gide (Goulet, 2014: 20), tenha sido o de Pierre Renard, em 1909: empregado de Auguste Remy, personalidade do mundo das finanças, viu-se acusado do seu homicídio e condenado a trabalhos forçados com a única «prova» de ser «um monstro odioso e repugnante» (*ibidem*), isto é, homossexual. A analogia com o então recente «caso Dreyfus» é inevitável. Gide, além de abordar explicitamente o assunto no quarto diálogo, desabafa numa carta pessoal a sua angústia com o amigo Jean Schlumberger: «O processo de Renard deixa-me doente.» (Mercier & Fawcett, 1993, *apud* Goulet, 2014: 20; *v.* Introdução)

(ii) Trata-se, evidentemente, da obra *A Criação de Adão*, de Miguel Ângelo (1475–1564), que pode ser vista na Capela Sistina, em Roma; mas o que subjaz à alusão é muito mais do que a sensualidade patente na nudez masculina da representação (*v.* Goulet, 2009: 1187). É também uma reivindicação de verdade para o discurso historiográfico que, durante quatro séculos, procurou dissimular a homossexualidade do artista toscano (Goulet, 2014: 114–115; *v.* Introdução).

(iii) Walt Whitman (1819–1892), esse «paneleiro de Deus», como lhe chamou Álvaro de Campos em 1915 (*in* Lopes, 1993), fez correr muita tinta na França de Gide, que muito o admirava (deve-lhe, aliás, o nome do seu primeiro *alter ego* literário: André Walter). O motivo da polémica era, obviamente, a sua homossexualidade — tabu que, à semelhança do que sucedia com Miguel Ângelo, muitos intelectuais, como Léon Bazalgette (1873–1928), insistiam em camuflar, fazendo uso de deturpações gritantes da biografia do poeta e tomando liberdades de tradução manifestamente abusivas, como denuncia Córidon no arranque do diálogo. É em 1909 que Bazalgette publica a sua tradução de *Leaves of Grass* (1855), um ano depois da biografia *Walt Whitman: l'homme et Son Oeuvre* (Goulet, 2009: 1187; *idem*: 2014: 86–92).

([iv]) Petição de princípio (*petitio principii*): forma de argumentação falaciosa que pressupõe como premissa aquilo que se pretende demonstrar.

([v]) «*I am not what you supposed, but far diferente*», verso do poema «Whoever You Are Holding Me Now in Hand» (Whitman, 1921: 131).

([vi]) Os germânicos Albert Moll (1862–1939) e Richard von Krafft-Ebing (1840–1902) são dois dos pioneiros da sexologia que ganham renome em França, à época, com a tradução de algumas das suas obras. Gide, que lia também em alemão, não poupará críticas à manifesta tendência para a patologização da homossexualidade que se depreende destas obras. O trabalho mais conhecido seria porventura o de Moll: *Les Perversions de l'instinct Génital. Étude sur l'inversion sexuelle Basée sur des Documents Officiels*, publicado em França em 1893 (original de 1891, *Die Konträre Sexualempfindung*). Krafft-Ebing é autor de *Psycopathia Sexualis* (1886), inventário de anomalias sexuais, onde inclui a homossexualidade. O jornalista Marc-André Raffalovitch (1864–1934), este sim, francês, escreveu *Uranisme et Unisexualité* (1896) e *Annales de l'unisexualité* (1897), além de várias crónicas sobre a matéria (Goulet, 2009: 1187).

([vii]) É um tema recorrente na escrita de Gide, a defesa corajosa da *verdade*. Por isso, evoca os «mártires»: etimologicamente, *testemunhas* dispostas a sacrificar a vida pela verdade. No entanto, não é sem alguma ironia que lamenta a falta de mártires na causa que defende, uma vez que, tal como escreveu num rascunho do seu arquivo pessoal

(«*Sur le Courage*»), «a morte, o sangue derramado, o sofrimento acatado, nada de tudo isso pode provar a verdade daquilo por que se morre e se sofre, nem o número de mártires, pois há mártires para todas as causas, para todas as convicções, até mesmo para as piores» (Goulet, 2014: 199; «*la mort, le sang versé, les souffrances endurées, rien de tout cela ne peut prouver la vérité de ce de quoi l'on meurt et l'on endure, et ni le nombre des martyrs, car il est des martyrs pour toutes les causes, pour toutes les convictions, fût-ce pour les pires*»). Os dramas das *vítimas* mencionadas concorrem para o argumento de Gide/Córidon de que a ignorância generalizada sobre a homossexualidade pode ter consequências trágicas. Particularmente traumático foi o processo de Oscar Wilde (1854–1900), a quem Gide reprova a falta de determinação em assumir publicamente a sua orientação sexual. Wilde foi condenado a dois anos de trabalhos forçados em 1895. O empresário alemão Friedrich Alfred Krupp (1854–1902), acusado de participar em orgias com rapazes, suicidou-se, tal como o general britânico Hector MacDonald (1857–1903). O caso de Philipp zu Eulenburg (1847–1921), conselheiro do imperador Guilherme II, que se envolve com um comandante militar de Berlim, escandaliza a opinião pública e gera grande instabilidade no seio do Império Alemão. Todos estes «casos» circularam em abundância, da imprensa aos salões, na sociedade que Gide frequentava. Deles deixou testemunho, com recortes, comentários e correspondência, no seu espólio pessoal (Goulet, 2009: 1188; *v.* Introdução).

([viii]) Marquês de Queensberry, pai de Lord Alfred Douglas (1870–1945), amante de Oscar Wilde. É ele quem acusa Wilde de sodomia; o escritor irlandês processa-o por difamação, mas é ele quem acaba condenado (Goulet, 2014: 1188).

Maximilian Harden (1861–1927): jornalista alemão que implica Eulenburg num escândalo sexual, com artigos publicados, em 1906, no jornal *Die Zukunft* (*ibidem*).

([ix]) Ferdinando Galiani (1728–1787): filósofo italiano, autor de influentes trabalhos de teoria económica. A citação utilizada (e ligeiramente adaptada) por Gide podia ser lida no segundo volume de correspondência entre o abade e a escritora Louise d'Épinay

(1726–1783), *Lettres de l'abbé Galiani à Madame d'Épinay...*: «Temos de viver com os nossos males. O problema é viver, e não curar-se» / «*Il faut vivre avec ses maux. Le problème est de vivre, et pas de guérir*» (*in* Asse, 1881: 265).

([x]) Note-se a aparente contradição em que incorre o protagonista, que linhas antes se recusava a ver Aléxis como uma criança. A tenra idade do objecto de desejo é o que torna a pederastia perigosamente ambígua e propensa à confusão com a pedofilia, uma vez que o desejo sexual se revela muito precocemente em relação à maturidade psicológica e emocional do indivíduo. Assim se compreende que Aléxis, aos olhos de Córidon, fosse um jovem adulto sem deixar de ser uma criança.

([xi]) Lembre-se, por exemplo, o ciclo baudelairiano dedicado ao tema (*v.* «Femmes Damnées» ou «Les Deux Bonnes Soeurs», de *Les Fleurs du Mal,* 1857), ou o romance *Nana* (1880), de Émile Zola (1840–1902).

([xii]) A propósito do argumento de que o sexo visa necessariamente a reprodução, o leitor português recordar-se-á da famosa tirada de Natália Correia, no parlamento, em 1982, contra o deputado conservador João Morgado:

> «(...) Sendo pai só de um rebento,
> lógica é a conclusão
> de que o viril instrumento
> só usou — parca ração!
> — uma vez. E se a
> função
> faz o órgão — diz o ditado
> —, consumada essa
> excepção, ficou capado o Morgado.»
>
> «O Coito do Morgado», *in* Fanha & Letria (eds.), 2003

([xiii]) Não se trata da *Suma Teológica*, mas sim do comentário de Tomás de Aquino (*c.* 1225–1274) ao *Livro das Sentenças* de Pedro Lombardo (século XII), *Scriptum Super Libros Sententiarum* (*c.* 1254). «(...) [Q]uando é sobretudo o desejo sensual a mover ao acto conjugal, é pecado mortal.» Traduzido a partir do inglês: «(...) *whenever sensual desire principally moves someone to the conjugal act, it is a mortal sin*» (Aquinas Institute, 2020: livro IV, questão 2, artigo 3). No original latino, lê-se «*Quandocumque*» em vez de «*Quandoquidem*» (cf. *ibidem*).

SEGUNDO DIÁLOGO

([i]) Tema importante na filosofia de Blaise Pascal (1623–1662). A frase aqui citada, como as que se seguirão, consta dos seus *Pensamentos* (*Pensées*), editados originalmente em 1669.

([ii]) Michel de Montaigne (1533–1592), *Essais* (1580–1588), volume I, capítulo XXIII, «*De la coustume et de ne changer aisément une loy receüe*» (sobre o hábito, e de como não se muda facilmente uma prática arreigada).

([iii]) Jean Ernest-Charles (1875–1953), autor e crítico literário (Goulet, 2009: 1190).

([iv]) François de La Rochefoucauld (1613–1680), figura eminente do classicismo francês. Gide cita muitas vezes de cor; a frase exacta, colhida de *Réflexions, ou Sentences et Maximes Morales* (1678, trata-se da máxima CXXXVI), é a seguinte: «Há pessoas que nunca se teriam apaixonado, se nunca tivesse ouvido falar do amor.» / «*Il y a des gens qui n'auroient jamais été amoureux, s'ils n'avoient jamais entendu parler de l'amour*» (*apud* Goulet, 2009: 1190). Em edições mais recentes de *Córidon*, como a da colecção Folio (Gallimard, 2012), a imprecisão foi rectificada.

([v]) Comédia de 1857. A passagem encontra-se no extenso prefácio do autor, que é também dedicatória, em jeito epistolar, ao amigo pintor Charles Marchal (1825–1877).

([vi]) Arthur Schopenhauer (1788–1860), essa «engenhosa besta» (escrevia Eça, 1901: 246) da filosofia do pessimismo, teorizou também sobre a «Metafísica do Amor», no segundo volume de *Die Welt als Wille und Vorstellung* (*O Mundo como Vontade e Representação*), 1819.

(vii) Remy de Gourmont (1858–1915), prolífico escritor (romance, poesia, crónica, ensaio), publicou, em 1903, *Physique de l'amour — Essai sur l'insctinct Sexuel,* cuja crítica, da parte de Gide, não se limita às páginas de *Córidon* que se seguem, mas ressurge também em textos de imprensa e em *Si le Grain Ne Meurt* (Goulet, 2009: 1190). Em causa estão afirmações de Gourmont como esta: «O homem é um animal, sujeito aos mesmos instintos essenciais que governam toda a animalidade, já que, por toda a parte, é a mesma matéria que o mesmo desejo anima: viver, perpetuar a vida»; ou esta: «Nós somos animais (...). O amor é profundamente animal: é essa a sua beleza.» / «*L'homme est un animal, soumis aux mêmes instincts essentiels qui gouvernent toute animalité, puisque partout c'est la même matière qu'anime le même désir: vivre, perpétuer la vie.*» / «*Nous sommes des animaux (...). L'amour est profondément animal: c'est sa beauté*» (*apud* Goulet, *loc. cit.*).

(viii) Jacques Loeb (1859–1924) e Georges Bohn (1868–1948), fisiólogos cujos trabalhos avançaram importantes descobertas no campo da psicologia animal e do instinto, este último, aliás, posto em causa pela teoria dos tropismos (Loeb), que considerava o comportamento dos organismos resultante da sua composição química (Goulet, 2009: 1190). Bohn é autor de *La Nouvelle Psychologie Animale* (1911), onde sistematiza a noção de *instinto* (*ibidem*).

(ix) Gorgulhos: nome comum extensível a diversas espécies de coleópteros, com a forma de pequeno escaravelho. Gide refere «a sua inimiga» pelo nome técnico (ainda que galicizado) de «*cerceris*», que é, na taxonomia em vigor, um género de insectos himenópteros correspondente ao das vespas. São mencionadas, de seguida, a amófila e a falena: a primeira designa outro género de himenópteros aparentados às vespas, a segunda um género de borboleta nocturna, onde se inclui o grande-pavão-nocturno.

Nesta nota há ainda a referência aos autores: Paul Marchal (1862–1942), entomólogo; Jean-Henri Fabre (1823–1915), entomólogo especialista em abelhas da classe *Osmia*, que estuda em *Souvenirs Entomologiques* (1879) (*ibidem*); Max Weiler: provavelmente, Émile Waxweiler (1867–1916), sociólogo belga, autor de um influente

Esquisse d'une Sociologie (1906), e primeiro director do Instituto de Sociologia Solvay de Bruxelas. Preconizava uma abordagem estatística da sociologia, à semelhança do que já se fazia em biologia (Goulet, 2009: 1190).

([x]) Lester Ward (1841–1913) foi um dos pioneiros da sociologia norte-americana. Destacou-se com a publicação *Pure Sociology — A Treatise on the Origin and Spontaneous Development of Society* (1903), traduzido para francês (*Sociologie Pure*, 1906) por Fernand Weil, e não, como indica Gide adiante (*v.* nota 5), por René Worms, que era o editor da colecção (Goulet, 2009: 1190).

([xi]) Henri Bergson (1859–1941), filósofo, autor de *L'évolution créatrice* (1907), de onde são extraídos conceitos seguidamente apresentados por Córidon.

([xii]) Gide escreve «*femme*» (mulher), mas no texto de Ward lê-se, como convém, «*femelle*» (fêmea) (Goulet, 2009: 1190). O lapso foi, de resto, corrigido em edições mais recentes da obra. Neste ponto, foi adoptada a correcção, a fim de clarificar o argumento.

Na linha seguinte é mencionado William Keith Brooks (1848–1908), zoólogo evolucionista norte-americano.

([xiii]) Na tradução francesa do texto de Ward, em vez de «*seuls les plus libéraux*», lê-se, na verdade, «*seuls les esprits les plus libéraux*» (Goulet, 2009: 1190), isto é, «só *as mentes* mais liberais».

([xiv]) Adelbert von Chamisso (1781–1838), homem das Luzes, próximo da Madame de Staël (1766–1817), versado em letras e botânica, chega a embarcar em expedições científicas internacionais (Goulet, 2009: 1190–1191).

Quanto a Darwin (1809–1882), a alusão remete para *A Monograph of the Sub-Class Cirripedia, with Figures of all the Species*, 1851 (*idem*: 1191).

([xv]) O neomalthusianismo consiste num revivalismo da teoria de Thomas Malthus sobre o crescimento das populações (*v.* nota ii, quarto diálogo) , que, desde o fim da Revolução Industrial e ao longo do século XX, se debateu com a questão do controlo demográfico como forma de prevenir a pobreza generalizada e uma crise de recursos (Blackburn, 1994: 221).

(xvi) No original gidiano de 1924, lê-se «substâncias orgânicas», em vez de «inorgânicas», como exige o texto de Bergson. Lapso corrigido em edições ulteriores; a correcção foi adoptada na presente tradução. Eis a passagem completa de Bergson: «O papel das energias anagenéticas é elevar *as* energias inferiores ao seu próprio nível pela assimilação das substâncias *inorgânicas*. (...) Pelo contrário, o próprio funcionamento da vida (à excepção, todavia, da assimilação, do crescimento e da reprodução) é de ordem catagenética, quebra de energia, e não já aumento.» / «*Le rôle des énergies anagénétiques est d'élever les énergies inférieurs à leur propre niveau par l'assimilation des substances inorganiques. (...) Au contraire, le fonctionnement même de la vie (à l'exception toutefois de l'assimilation, de la croissance et de la reproduction) est d'ordre catagénétique, descente d'énergie et non plus montée*» (Bergson, 1907, *apud* Goulet, 2009: 1191).

(xvii) Edmond Perrier (1844–1921), zoólogo, membro da Academia de Ciências e director do Museu de História Natural em Paris. O discurso invocado, que voltará a ser citado no terceiro diálogo, foi publicado no jornal *Le Temps*, em 26 de Outubro de 1905 (Goulet, 2009: 1191).

(xviii) Novamente, onde se lê «*femme*», no texto de Gide, deve ler-se «*femelle*», de acordo com o texto de Ward (Goulet, 2009: 1190).

(xix) Alusão ao *horror vacui*, tema aristotélico, *Física*, livro IV, página 8. Córidon volta a mencioná-lo na página 81.

(xx) Émile Blanchard (1819–1900), zoólogo, autor de *Métamorphoses, Moeurs et Instincts des Insectes: Insectes, Myriapodes, Arachnides Crustacés* (1877).

«Bômbix» é a designação científica do bicho-da-seda.

(xxi) *Osmia*: género de vespa. Numa carta ao colega Henri Devillario, Fabre escreve: «Começo a acreditar que a mãe pode pôr à discrição um ovo macho ou um ovo fêmea. A repartição dos víveres, a sua quantidade variável segundo o sexo, conduz-me necessariamente a esta afirmação tão estranha: a himenóptera dispõe à sua vontade do sexo do ovo que vai pôr.» / «*Je commence à croire que la mère peut à volonté pondre un oeuf mâle ou bien un oeuf femelle. La répartition de vivres, leur quantité variable suivant le sexe, forcément me conduit à cette affirmation si étrange: l'hyménoptère dispose à son gré du sexe de l'oeuf qui va être pondu»* (*apud* Goulet, 2009: 1191).

No final deste parágrafo, *minus habens*: pessoa (ou elemento) de menor importância ou capacidade e, por isso, desprezável.

([xxii]) René Worms (1869–1926) dirigiu edições científicas onde se inclui a tradução francesa da obra de Lester Ward (*v.* nota x). Gide alude aqui ao seu estudo *La Sexualité dans les Naissances Françaises*, de 1912 (Goulet, 2009: 1191).

Carl Friedrich Wilhelm Claus (1835–1899), zoólogo, autor de um *Traité de Zoologie* publicado em França em 1884 (Goulet, 2009: 1191).

Vilém Kurz (1846–1902), zoólogo, desenvolveu trabalhos sobre organismos microscópicos, como os cladóceros, de que resultaram publicações como *Ueber Androgyne Missbildung bei Cladoceren* (estudo sobre a androginia nestes crustáceos, 1874).

([xxiii]) A corola das orquídeas emula a forma dos insectos polinizadores como estratégia de reprodução.

([xxiv]) Locustídeos: família a que pertencem, por exemplo, os gafanhotos.

([xxv]) Sébastien-Roch Nicolas de Chamfort (1741–1794), poeta e moralista. A passagem em questão pode ser lida em *Maximes et Pensées. Caractères et Anecdotes,* publicado postumamente, em 1796, e reeditado ao longo do século XIX. «O amor, tal como ele existe na sociedade, não é mais do que a troca de duas fantasias e o contacto de duas epidermes.» / «*L'amour, tel qu'il existe dans la société, n'est que l'échange de deux fantaisies et le contact de deux epidermes*» (*apud* Goulet, 2009: 1191).

([xxvi]) André Sanson (e não Samson, como escreve Gide), 1826–1902, veterinário, professor de zootecnia na Escola de Agricultura de Grignon e autor de um monumental *Traité de Zootechnie* (1878), várias vezes reeditado (Goulet, 2009: 1191).

([xxvii]) Alusão ao método experimental (*experimentum crucis,* ou experiência crucial) proposto por Francis Bacon (1561–1626) no tratado *Novum Organum* (1620), que consiste em verificar hipóteses rivais empiricamente. A experiência de Gide consistiria em isolar o odor da cadela no cio e observar se os cães se manifestariam de forma semelhante às borboletas de Fabre (*v.* nota 18), comprovando a teoria de que é o cheiro, e não a cadela em si, que atrai o cão.

([xxviii]) Eis a passagem em questão, capítulo XXII de *Pantagruel* (1532), de François Rabelais (*c.* 1483–1553): «(...) todos os cães que estavam na igreja acorreram àquela dama, por causa do cheiro das drogas que ele havia derramado sobre ela: pequenos e grandes, gordos e miúdos, todos vieram, com o membro de fora, cheirá-la e mijar-lhe para cima (...). Aqueles cães velhacos conspurcavam-lhe a roupa toda, tanto que um grande galgo lhe mijava na cabeça, os outros nos braços, os outros no rabo das saias; os pequenos mijavam-lhe os sapatos, de modo que todas as mulheres que ali estavam em volta se viam a braços para a salvar.» / «(...) *tous les chiens qui estoient en l'église acoururent à ceste dame, pour l'odeur des drogues que il avoit espandu sur elle, petitz et grands, gros et menuz, tous y venoyent, tirans le membre, et la sentens et pissans partout sur elle* (...). *Ces villains chiens compissoyent tous ses habillemens, tant que un grand levrier luy pissa sur la teste, les aultres aux manches, les aultres à la croppe; les petitz pissoient sur ses patins, en sorte que toutes les femmes de là autour avoyent beaucoup affaire à la saulver.*» (Rabelais, 1884: 173)

([xxix]) Henry Havelock Ellis (1859–1939), médico inglês considerado um dos fundadores da sexologia. Em 1909 é publicado em França o seu trabalho dedicado à «inversão sexual», primeiro volume de *Études de Psychologie Sexuelle,* que havia causado escândalo em Inglaterra (Goulet, 2009: 1192). É neste livro que cita o columbófilo J. Bailly-Maître e o psiquiatra/zoólogo (?) italiano Alessandro Muccioli, autor do artigo «Degenerazione e Criminalite nei Colombi», publicado em 1893 no *Archivio di Psichiatria, Antropologia Criminale, Medicina Legale e Scienza Affini.*

Em nota de rodapé: Guillaume Belèze (1803–1878), cujo dicionário mencionado por Gide foi publicado em 1859 (Goulet, *loc. cit.*). A pontuação intercalada, entre parênteses, com o texto citado é de Gide, e assinala bem a sua perplexidade perante a falta de rigor científico de estudos que se pretendiam sérios e eruditos.

([xxx]) Trata-se do segundo poema do livro IX das *Fábulas* (1678). Jean de La Fontaine (1621–1695) conta a história de dois pombos que se «amam ternamente» (*incipit: «Deux Pigeons s'aimaient d'amour tendre»*), mas que se separam quando um deles, arrojado e curioso, decide viajar para conhecer o mundo, contra a vontade do companheiro. Ainda que estes pombos se tratem por irmãos (versos 6, 16 e 24), o relato deixa entender uma moralidade destinada aos amantes: «Amantes, queridos amantes, quereis viajar? / Que seja pelos arredores (...).» «*Amants, heureux amants, voulez-vous voyager? / Que ce soit aux rives prochaines* (...)» (La Fontaine, 1875: 313–315).

([xxxi]) Lacassagne: provavelmente, Alexandre Lacassagne (1843–1924), antropólogo, médico e criminologista, autor de estudos sobre a consanguinidade e da entrada «Pédérastie» no *Dictionnaire Encyclopédique des Sciences Médicales,* coordenado por Dechambre (1887), onde defende que a chamada *inversão* se deve, antes de mais, a uma degenerescência do sistema nervoso central (Revenin, 2007).

([xxxii]) Escreve o romancista Gustave Flaubert (1821–1880), em *Bouvard et Pécuchet* (1881): «Mas como nenhum livro tinha o mesmo valor que uma observação pessoal, eles entraram pela alameda e perguntaram aos lavradores se já tinham visto os touros a pegar-se com os jumentos, os porcos a procurar as vacas e os machos das perdizes a cometer vilanias entre si.» / «*Mais tous les livres ne valant pas une observation personnelle, ils entraient dans les cours, et demandaient aux laboureurs s'ils avaient vu des taureaux se joindre à des juments, les cochons rechercher les vaches, et les mâles des perdrix commettre entre eux des torpitudes.*» (*apud* Goulet, 2009: 1192)

([xxxiii]) Género de besouro. Gide refere-o sob a designação galicizada: «*Cèrocomes*».

([xxxiv]) Henri Sainte-Claire Deville (1818–1881), químico. Estas suas observações são invocadas em segunda mão, através do texto de Havelock Ellis, anteriormente citado (Goulet, 2009: 1192).

([xxxv]) *V.* Ovídio, *As Metamorfoses* (XIII) e Virgílio, *Bucólicas* (III; *v.* nota xvii, terceiro diálogo). Galateia é uma ninfa, amante do pastor Ácis e perseguida por Polifemo (Goulet, 2009: 1192).

([xxxvi]) «Quando a fêmea [do pirilampo] vê a pequena estrela volante [o macho] descer na sua direcção, ela reúne as suas forças e prepara-se para essa defesa hipócrita, comum a todo o seu sexo; faz-se bela e tímida, exulta de medo e treme de alegria.» / «*Quand la femelle voit la petite étoile volante descendre vers elle, elle rassemble ses esprits, se prepare à cette defense hypocrite, commune à tout sons sexe, se fait belle et timide, exulte de peur et tremble de joie.*» (Gourmont, 1903, *apud* Goulet, 2009: 1192)

([xxxvii]) *Mantis religiosa*: espécie de louva-a-deus.

TERCEIRO DIÁLOGO

([i]) Hugo de Vries (1848–1935), botânico que forja, em 1901, a noção de *mutacionismo*, segundo a qual a evolução das espécies ocorre de forma descontínua por meio de mutações abruptas, e não graduais, como defendia Darwin (Goulet, 2009: 1193).

([ii]) Espinosa (1632–1677), *Ética*, volume III, LVII.

([iii]) «Observa-se entre os pássaros que a natureza esbanjou todos os seus ornamentos no macho, que muito frequentemente aparece num lindíssimo toucado: seja uma crista, um penacho, um tufo ou uma pequena pluma natural, erecta, como uma espécie de pináculo mesmo no topo da cabeça. Tal como a natureza, pelo contrário, despejou todos os seus encantos com maior abundância na parte feminina da nossa espécie, assim não falham os pássaros em investir-se dos mais aprimorados artifícios. O pavão, em toda a sua pompa, não exibe metade das cores que aparecem na indumentária de uma Dama Inglesa, quando se veste para um baile ou para um aniversário...» *in The Spectator*, 03/01/1712.

Joseph Addison (1672–1719) fundou o dito jornal, cujos textos foram coligidos em volume e publicados, em 1891, por Henry Morley (1822–1894).

([iv]) Do ensaio, já citado, «Apologie de Raimond Sebond», *Les Essais*, XII, volume II.

([v]) Pierre Louÿs (1870–1925), poeta e romancista. É em *Les Aventures du Roi Pausole* (1901) que concebe Tryphème (Goulet, 2009: 1193), reino utópico que cultiva, sem freios morais, o prazer sensual e a libertinagem.

(vi) Jeanne-Françoise Quinault (1699–1783), actriz e dama da alta sociedade que animava o seu próprio salão literário (Goulet, 2009: 1193). A citação que lhe é aqui atribuída provém, na verdade, do romance à *clef*, de Louise d'Épinay, *Histoire de Madame de Montbrillant*: a frase é proferida pela Menina Médéric, personagem que representa de forma ficcionada a amiga da autora (Roth, 1951: 79, nota 1).

(vii) Robert Louis Stevenson (1850–1894), importante escritor da Era Vitoriana, autor do célebre *O Estranho Caso do Dr. Jekyll e Mr. Hyde* (1886). Gide alude ao relato das suas viagens pelo Pacífico, *In the South Seas*, de 1890 (Goulet, 2009: 1193).

(viii) «*Quod decet*», o que convém, que é apropriado, como na máxima de Cícero: «(...) o que é apropriado é honesto, e o que é honesto é apropriado»; «*quod decet, honestum est et, quod honestum est, decet.*» Traduzido do inglês: «(...) *what is proper is morally right, and what is morally right is proper.*» (Cícero, 2014: 3306)

(ix) Gide cita de cor e não precisa a referência. Na edição francesa de *The Descent of Man* (trabalho que data, originalmente, de 1871), publicada por Édmond Barbier em 1881, lê-se que «[a]s mulheres tornaram-se, pois, como se admite geralmente, mais belas do que os homens. Todavia, elas transmitem a maior parte dos seus caracteres, beleza incluída, à sua progenitura dos dois sexos; de modo que a contínua preferência que os homens de cada raça manifestam pelas mulheres mais atraentes (de acordo com o seu ideal) tende a modificar da mesma maneira todos os indivíduos dos dois sexos.» / «*Les femmes sont donc devenues, ainsi qu'on l'admet généralement, plus belles que les hommes. Toutefois elles transmettent la plupart de leurs caractères, la beauté comprise, à leur progéniture des deux sexes; de sorte que la préférence continue que les hommes de chaque race ont pour les femmes les plus attrayantes, d'après leur idéal, tend à modifier de la même manière tous les individus des deux sexes.*» (Darwin, 1871: 653)

(x) Trabalho polémico que traz Jean-Jacques Rousseau (1712–1778) à ribalta. O documento, vulgarmente conhecido como *Discours sur les Arts et les Sciences* (1750), valeu-lhe o primeiro prémio num concurso académico.

(xi) Maurice Barrès (1862–1923), escritor e político, autor de *Le Jardin de Bérénice*, a que Gide alude, que integra a trilogia *Le Culte du Moi*, publicada entre 1889 e 1891 (Goulet, 2009: 1194).

(xii) Friedrich von Müller (1779–1849), político que, tendo privado com Goethe (1749–1832), deixou testemunho das discussões que ambos travaram em *Betrifft Goethe,* de 1832, e de onde Gide extrai a passagem que se segue (Goulet, 2009; 1194).

Charles Du Bos (1882–1939), em «Le Labyrinthe à Claire-voie» (1927–1928), criticará Gide, neste passo de *Córidon*, por recorrer a Goethe de forma parcial, acusando-o de omitir «a parte que diz respeito à santidade do casamento indissolúvel» / «*la partie qui a trait à la sainteté du mariage indissoluble*» (*apud* Goulet, 2009: 1194).

(xiii) Diodoro Sículo, ou Diodoro da Sicília (século I a.C.), cronista, autor da *Biblioteca Histórica*, uma importante história universal que, no entanto, chegou incompleta aos nossos dias. Trata-se, aqui, do volume V, capítulo 22, e não 32, como refere Gide em nota de rodapé (Goulet, 2009: 1194). A obra do historiador foi alvo de importantes trabalhos filológicos e de várias reedições ao longo do século XIX, destacando-se as de Ferdinand Hoefer (1811–1878), em 1846.

(xiv) Théophile Gautier, e não «Gauthier», como consta no texto de Gide, (1811–1872), figura proeminente do romantismo francês. Alain Goulet observa que é «Ianthè», e não «Xanthé», que se lê no romance *Mademoiselle de Maupin* (1835), o que não inviabiliza o argumento de Córidon — recorde-se que Iante e Xante são irmãs, oceânides na *Teogonia* de Hesíodo (Goulet, 2009: 1194).

(xv) Alusão ao célebre mito das almas gémeas: originalmente, os humanos seriam entidades completas; uma vez divididos, move-os o desejo de encontrarem a sua metade original.

(xvi) Longo (do termo latino *longus*) é autor, no século II d.C., dos *Amores Pastoris de Dáfnis (ou Dafnis) e Cloé*, onde relata, nomeadamente, a instrução amorosa do jovem Dáfnis pela matrona Licénion. Recorde-se que a tradição da poesia bucólica começa com os *Idílios* de Teócrito (século III a.C.), e influencia as *Bucólicas* de Virgílio (Goulet, 2009: 1194) — ambos citados por Gide de seguida.

(xvii) V. *Bucólicas*, écloga III: Dametas queixa-se de que Galateia o atacou com uma maçã e fugiu por entre os salgueiros, provocadora; ao que Menalcas responde que, quanto a ele, recebe Amintas na sua cabana sem precisar de lhe pedir — «A mim se oferece Amintas, fogo meu».

(xviii) Leonardo da Vinci (1452–1519): «*Quando l'amante è giunto all'amato, lì si riposa*», *Codice Trivulziano*, f° 6r, *c.* 1490 (Goulet, 2009: 1194). A frase, na tradução francesa referida por Córidon, podia ser lida em *Textes Choisis: Pensées, Théories, Préceptes, Fables et Facéties* (1907: 67), colecção de escritos do pintor editada por Joséphin Péladan (1858–1918).

(xix) Gérard de Nerval (1808–1855), poeta e novelista de renome no contexto do romantismo francês.

(xx) Charles Louis de Secondat, barão de La Brède e de Montesquieu (1689–1755), filósofo, autor do clássico romance epistolar *Cartas Persas* (1721) e do tratado *Do Espírito das Leis* (1748).

(xxi) Horácio, *Epístolas*, I, X: «repeles a natureza com a forquilha, no entanto, ela volta a correr» (traduzido do francês). / «*Tu chasses la nature avec la fourche, cependant elle revient en courant*» (*apud* Goulet, 2009: 1194).

(xxii) Tudo indica que Gide não estaria, à época, muito familiarizado com os trabalhos de Sigmund Freud (1856–1939), mas, como nota Goulet, este passo aproxima-se do que avançava o psicanalista em 1920, ao definir a homossexualidade como «resultado de uma bissexualidade inata, latente em todo o ser humano» (Goulet, 2009: 1194).

QUARTO DIÁLOGO

(i) Léon Blum (1872–1950), importante figura da política e da cultura francesas na primeira metade do século XX. Chegou a governar, no início da Terceira República, associado ao «bloco» das esquerdas, conhecido como *Front Populaire*. No ensaio em questão, sobre o casamento, *Du Mariage* (1907), preconizava uma educação sexual igualitária para homens e mulheres, aconselhando também estas a experimentarem o amor físico antes do casamento, com vista a um maior sucesso da relação conjugal, o que causou escândalo (Goulet, 2009: 1195).

(ii) *Mémorial de Sainte-Hélène* (1823), pelo conde de Las Cases (1766–1842), no qual se relatam as memórias da queda de Napoleão depois de Waterloo (1815).

(iii) Reverendo Thomas Robert Malthus (1766–1834), economista, publicou *An Essay on the Principle of Population* (1798), que lançou as bases para a disciplina de biologia das populações e veio a influenciar, por exemplo, os trabalhos de Charles Darwin. A citação que se segue corresponde, no original inglês, não à primeira edição, de 1798, mas sim à (muito aumentada) reedição de 1803: «*the virtue of chastity is not, as some have supposed, a forced product of artificial society; but that it has the most real and solid foundation in nature and reason; being apparently the only virtuous mean of avoiding the vice and misery which result from the principle of population*», livro IV, capítulo II (Malthus, 2018: 437). O livro, muito aclamado, foi traduzido para francês em 1809 e várias vezes reeditado ao longo do século XIX.

(iv) Com efeito, o elogio de Johann von Herder (1744–1803) aos costumes das sociedades helénicas, paradigmáticas da ideia romântica de uma *idade dos heróis*, está patente em passagens como esta, a título de exemplo, no livro VIII do dito tratado: «Nos países e nas formas de vida em que a primeira necessidade é a união no empreendimento das actividades, encontram-se almas heróicas que permanecem fiéis às promessas de amizade, para a vida e para a morte; assim foram aqueles amigos das idades heróicas da Grécia, que viverão para sempre na memória dos homens (...). O agricultor tem um vizinho, o trabalhador um companheiro de ofício que o ajuda ou que o inspira; agora, o comerciante, o sábio, o cortesão — ah!, como estão longe daquela amizade viva, activa, fiel, que o selvagem errante, o prisioneiro e o escravo que geme com outro escravo sob o peso das mesmas cadeias nutrem em seus peitos!» Traduzido a partir do francês: «*Dans les pays et les genres de vie où la première nécessité est l'union dans les entreprises, on trouve des âmes héroïques qui restent fidèles aux sermens* [sic] *de l'amitié, à la vie et à la mort; tels furent ces amis des âges héroïques de la Grèce, qui vivront à jamais dans la mémoire des hommes (...). L'agriculteur a un voisin, l'ouvrier un compagnon de travaux, qui l'aide ou qui lui porte envie; le marchand, le savant, le courtisan ah! qu'ils sont loin de cette amitié vive, active, fidèle que nourrissent dans leurs coeurs le sauvage errant, le prisonnier, l'esclave qui gémit avec un autre esclave sous le poids des mêmes chaînes!*» (Herder, 1784–1791: 124)

([v]) Daniel Halévy (1872–1962), historiador e biógrafo de Nietzsche. A citação provém de *La Vie de Frédéric Nietzsche*, publicado em 1909.

([vi]) Charles Athanase Walckenaer (1771–1852), naturalista, historiador e enciclopedista (Goulet, 2009: 1196).

Epaminondas (séculos V–IV a.C.), general tebano, era considerado a suma exemplar de todas as virtudes. *V.* Cícero, *Tusculanas*, I, IV (*idem*: 1195–1196).

([vii]) John Addington Symonds (1840–1893), escritor inglês que, entre outros trabalhos, defendeu a causa homossexual em vários ensaios clandestinos. No verso de Dante, deve ler-se «*Che* con *amor...*», e não «*Che* per *amor*», como escreve Symonds (Goulet, 2009: 1196).

([viii]) Em *Os Mirmidões*, tragédia perdida, Ésquilo teria retratado Aquiles lamentando assim a morte de Pátroclo:

> «Antíloco, chora por mim, que vivo ainda,
> e não pelo morto; pois fui eu quem perdeu tudo.»

(traduzido do francês.) / «*Antiloque, pleure sur moi, le vivant, / plutôt que sur le mort; car moi, j'ai tout perdu*» (trad. de Jean Grosjean, *apud* Goulet, 2009: 1196).

O herói surge também em versos de outras peças perdidas citados por Plutarco e Luciano de Samósata, chorando sobre o cadáver do amigo e evocando a sua beleza e os beijos outrora trocados (Goulet, *loc. cit.*).

([ix]) Christopher Marlowe (1564–1593), célebre dramaturgo inglês do período isabelino, autor de Dr. *Faustus* (1592). Em *Edward II* (1594), *Hero and Leander* (1598) e *Dido* (1593), são aflorados vários motivos homossexuais (Goulet, 2009: 1196).

([x]) Bíon de Esmirna (século III a.C.), precursor, com Teócrito, da lírica bucólica.

([xi]) Figuras da mitologia grega: Hilas era o favorito de Héracles; Bátilo, o jovem amado de Polícrates, tirano de Samos que lhe ergueu uma estátua, e de Anacreonte, que o imortalizou na poesia; e Ganimedes, amante de Zeus e escanção dos deuses — todos de lendária beleza (Goulet, 2009: 1196).

([xii]) A orientação sexual de Shakespeare (1564–1616) é talvez um dos temas mais debatidos da biografia do poeta; mais importante do que isso, porém, é a presença de temas homoeróticos na sua lírica e dramaturgia, e essa é não só inegável mas também fundamental para uma compreensão mais profunda e frutuosa da sua obra, também ela «corrigida» sob o puritanismo de alguns editores ao longo dos séculos, à semelhança do que sucedeu com Whitman e Miguel Ângelo. A sensibilização para as questões do género e do sexo a partir do século XIX permitiu reabilitar, em grande medida, a leitura do erotismo na obra shakespeariana (*v.* Stanivukovic, 2010).

([xiii]) Edouard Laboulaye (1811–1883), jurista e editor da obra de Montesquieu.

([xiv]) No texto de Gide, lê-se «sem calor, sem cor e sem voz» (*«sans chaleur, sans couleur et sans voix»*), quando o verso de Victor Hugo dita «sem cor, sem olhar e sem voz» (*«sans couleur, sans regard et sans voix»*, de *Les Feuilles d'automne*, 1831). O lapso foi corrigido em edições subsequentes. Foi adoptada a actualização do texto.

([xv]) «La chanson de Sophocle à Salamine», poema de Victor Hugo:

«Aqui estou, assim, efebo,
Meus dezasseis anos de azul banhados; (...)
Quero morrer, sim, ó deusa,
Mas não antes de ter amado.»

«Me voilà, je suis un éphèbe, / Mes seize ans sont d'azur baignés; (...) / Je veux bien mourir, ô déesse, / Mais pas avant d'avoir aimé.» In La Légende des Siècles, 1859, VI, I (*apud* Goulet, 2009: 1197).

([xvi]) Xenofonte (séculos V–IV a.C.), na sua *República dos Lacedemónios*, indica que em vários povos gregos não é invulgar que «homem e rapaz [vivam] juntos, como casados» (II, 12–13, traduzido do inglês). / «*In other Greek states, for instance among the Boeotians, man and boy live together, like married people* (...).» (Xenofonte, 2013: 1039)

Veja-se também Plutarco (séculos I–II d.C.), *Vida de Licurgo*, 17: «Quando os rapazes chegavam a esta idade [de 12 anos], beneficiavam da sociedade com os amantes, escolhidos de entre os jovens mais reputados. Os homens mais velhos também os mantinham debaixo de olho, frequentando mais assiduamente os lugares onde eles faziam exercício e observando as suas provas de força e agilidade, não por distracção, mas com a ideia de que eram, de certo modo, pais e tutores e governadores de todos os rapazes.» Traduzido do inglês: «*When the boys reached this age, they were favoured with the society of lovers from among the reputable young men. The elderly men also kept close watch of them, coming more frequently to their places of exercises, and observing their contests of strength and wit, not cursorily, but with the idea that they were all in a sense the fathers and tutors and governors of all the boys.*» (Plutarco, 2013: 95)

([xvii]) «Aquele que opuser o seu próprio juízo à corrente dos tempos deve suster-se numa verdade inatacável, e aquele que tiver a verdade do seu lado será tão louco quanto cobarde se recear apropriar-se dela por causa da multitude de opiniões dos outros homens. É difícil para um homem dizer que todo o mundo está enganado menos ele. Mas, se assim for, quem pode evitá-lo?» A passagem encontra-se na página 88 da obra de Taine, e não na 87, como Gide refere (lapso rectificado em edições ulteriores). No entanto, Taine não menciona a sua fonte exacta na obra de Defoe (Goulet, 2009: 1197).

([xviii]) Alusão à peça de Molière (1622–1673) *Les Femmes Savantes* (1672), em que Chrysale, pai de família, propõe que se deite fogo a toda uma estante, à excepção «de um grosso Plutarco para me alisar os colarinhos» / «*hors un gros Plutarque à mettre mes rabats*» (Molière, 2012: 2577).

([xix]) O «batalhão sagrado», segundo Plutarco (*Vida de Pelópidas*), era um corpo de elite do exército tebano composto por 300 homens, *erastes* (aqueles que amam) e *erómenos* (aqueles que são amados), que combatiam lado a lado. Foi derrotado por Alexandre Magno na batalha de Queroneia, em 338 a.C. (Goulet, 2009: 1197).

Quanto a Platão, é no *Banquete* que escreve que «o amante é coisa mais divina do que o seu favorito, pois está possuído pelo Deus!» (traduzido do francês) / «(...) *l'amant est chose plus divine que son favori, car il est possédé du Dieu*!» (180 b, *apud* Goulet, *loc. cit.*).

(xx) *Código Napoleónico*: código do direito civil que regulamentava o regime de Napoleão Bonaparte (1769–1821) e que lança as bases para a constituição francesa moderna.

(xxi) *Em Physiologie du Mariage* (1829), aforismo XVI.

(xxii) Em *Do Espírito das Leis* (1748), VI, XIII.

(xxiii) Em 1911, Gide previa utilizar esta citação como epígrafe ao texto de *Córidon*. Recorde-se que este quarto diálogo não estava então ainda escrito; a sua articulação no texto tê-lo-á feito prescindir desse mote paratextual, que seria mais extenso, continuando assim: «Mas não penso que as falhas em questão (os actos contrários à castidade) devam, nas questões morais, ser encaradas isoladamente ou até que elas sejam mais graves do que aquilo que possa parecer.» (Malthus, p. 489) / «*Mais je ne pense pas que les fautes dont il s'agit (actes contraires à la chasteté) doivent dans les questions morales être envisagées seules, ou même qu'elles soient les plus graves qu'on puisse concevoir.*» (Malthus, p. 489) (*apud* Goulet, 2014: 31) No original, a passagem completa: «*I should be most extremely sorry to say any thing* [sic] *which could, either directly or remotely be construed unfavourably to the cause of virtue: but I certainly cannot think that the vices which relate to the sex, are the only vices which are to be considered in a moral question; or that they are even the greatest and most degrading to the human character.*» (Malthus, 2018: 451)

(xxiv) *Confissões*, livro IV, capítulo 4: «Naqueles anos em que comecei a lecionar na cidade onde nasci, ganhei um amigo que me era muito caro pelos interesses que tínhamos em comum, meu coetâneo e, como eu, na flor da adolescência. (...) [E]ra muito doce essa amizade cozida ao fogo de interesses semelhantes. De fa[c]to, eu o desviei da verdadeira fé, que ele, adolescente, ainda não conservava sincera e plenamente, para as fábulas supersticiosas e perniciosas pelas quais minha mãe chorava por mim. Aquele homem já errava juntamente comigo no espírito, e minha alma não podia ficar sem ele.» (Agostinho, 2017: 74)

(xxv) Françoise-Louise de la Tour, conhecida como Madame Warens (1699–1762), tutora de Jean-Jacques Rousseau durante a adolescência.

(xxvi) «O vislumbre daquela perna delicada não tinha para ele nada de agradável; a meia branca da primeira que aparecesse ter-lhe-ia dado mais prazer.» / «*La vue de cette jambé charmante n'avait eu pour lui rien d'agréable; le bas blanc de la première femme venue lui eût fait plus de plaisir.*» (Victor Hugo, 1862, *apud* Goulet, 2009: 1198)

(xxvii) «[A vossa imagem] nunca saiu do meu coração. A delicadeza do vosso sexo não pode conceber a grosseria do nosso, nem quão pouco tal espécie de amor tem que ver com o coração (...).» / «*(...) it never was out of my heart. The delicacy of your sex cannot conceive the grossness of ours, nor how little one sort of amour has to do with the heart* (...).» (Fielding, 1749: 865; *v.* Goulet, 2009: 1198)

(xxviii) «Ao assegurá-lo incessantemente do vosso amor, não lhe concedereis a sua prova acabada. Ele não deixará de pôr essas vossas evasões na conta da virtude; queixar-se-á, talvez, mas amar-vos-á ainda mais (...).» / «*En l'assurant sans cesse de votre amour, vous ne lui en accorderez pas les dernières preuves. Ces refus,* (...) *il ne manquera pas de les mettre sur le compte de votre vertu; il s'en plaindra peut-être, mais il vou sen aimera davantage.*» (Laclos, 1782, *apud* Goulet, 2009: 1198)

(xxix) Jens Peter Jacobsen (1847–1885), autor dinamarquês, influente no desenvolvimento da corrente realista nos países nórdicos e germânicos. *Niels Lyhne* (1880) é o seu principal romance.

(xxx) Louise Labé (1524–1566), poetisa renascentista, autora do citado *Debate* (género de tradição medieval) *entre o Amor e a Loucura*, onde apresenta uma moderna concepção do amor, profundamente feminista, fazendo ao mesmo tempo o confronto entre os valores de uma burguesia mercantil em ascensão (associada à Loucura) e a nobreza fria e arrogante (associada ao Amor) (Rigolot, 1986: 13–17).

(xxxi) Jean de La Bruyère (1645–1696), homem das letras clássicas, moralista, autor de *Les Caractères ou les Moeurs de ce Siècle* (1688), de cujo terceiro capítulo, «Les femmes», se extrai a citação apresentada.

([xxxii]) «Policleto (...) fez de Diadúmeno (...), a figura de um jovem lânguido (...)». Taduzido do francês: «*Polyclète* (...) *a fait le Diadumène* (...), *figure de jeune homme pleine de mollesse* (...).» No original: «*Polyclitus* (...) *Diadumenum fecit molliter iuvenem.*» (Plínio, *História Natural*, XIV, 19, *apud* Goulet 2009: 1198) O *Diadúmeno* é uma escultura que representa um jovem atleta a cingir na fronte a fita da vitória (*ibidem*).

Referências citadas nas notas finais

AGOSTINHO, Santo (2017), *Confissões* (trad. de Lorenzo Mammì), Brasil, Companhia das Letras/Penguin.

AQUINO, São Tomás de (2020), *Scriptum Super Sententiis*, livro IV, edição digital, Aquinas Institute. Consultado em linha (30/11/2021): https://aquinas.cc/la/en/~Sent.IV.

ASSE, Eugène (1881), *Lettres de l'abbé Galiani à Madame d'Épinay, Voltaire, Diderot, Grimm, le baron d'Holbach, Morellet, Suart* [i.e. Suard], *d'Alembert, Marmontel, la vicomtesse de Belsunce, etc.: publiées d'après les éditions originales, augmentées des variantes, de nombreuses notes et d'un index avec notice biographique*, volume II, Paris, Charpentier.

BLACKBURN, Simon (1994), *Oxford Dictionnary of Philosophy*, Oxford, Oxford University Press.

CÍCERO (2014), *De Officiis (On Duties)* (trad. de Walter Miller), *in* Miller *et al.* (2014), *Cicero: Complete Works*, Reino Unido, Delphi Classics.

DARWIN, Charles (1871), *La Descendance de l'homme et la Sélection Sexuelle* (trad. de Edmond Barbier) (1881), Paris, C. Reinwald.

FANHA, José & LETRIA, José Jorge (2003), *Cem Poemas Portugueses do Riso e do Maldizer,* (s/l), Terramar.

GIDE, André (2012), *Corydon*, Paris, Gallimard, colecção Folio.

HERDER, Johann von (1834), *Idées sur la Phiosophie de l'histoire de l'humanité*, volume 2 (trad. de Edgar Quinet), Estrasburgo, F. G. Levrault.

LOPES, Teresa Rita (1993), «Saudação a Walt Whitman», *in Álvaro de Campos – Livro de Versos*. Fernando Pessoa, Lisboa, Estampa.

Consultado em linha (30/11/2021): http://arquivopessoa.net/textos/926.

MALTHUS, Thomas Robert (2018), *An Essay on the Principle of Population:* The 1803 Edition, New Haven/Londres, Yale University Press.

MOLIÈRE (2012), *Les Femmes Savantes, in Molière: Oeuvres Complètes,* (s/l), Delphi Classics.

PLUTARCO (2013), «Lycurgus», *in Plutarch, Complete Works* (trad. de Bernadotte Perrin) (s/l), Delphi Classics.

QUEIROZ, Eça de (1901), *A Cidade e as Serras*, Porto, Chardron.

REVENIN, Régis (2007), «Conceptions et Théories Savants de l'homosexualité Masculine en France, de la Monarchie de Juillet à la Première Guerre Mondiale», *in Revue d'Histoire des Sciences Humaines 2007/2* (n.º 17), pp. 23–45. Consultado em linha (30/11/2021): https://www.cairn.info/revue- histoire-des-sciences-humaines-2007-2-page-23.htm.

RIGOLOT, François (1986), «Préface», *in Louise Labé: Oeuvres Complètes,* Paris, GF Flammarion.

STANIVUKOVIC, Goran (2010), «Shakespeare and Homosexuality», *in* Stanivukovic, Goran (2010), *Shakespeare and Homosexuality. Forum for Modern Language Studies*, Oxford Academy, 46(2), 138–151.

XENOFONTE (2013), *Constitution of the Lacedaemonians* (trad. de E. C. Marchant), *in The Complete Works of Xenophon*, (s/l), Delphi Classics.

WHITMAN, Walt (1921), *Leaves of Grass*, Nova Iorque, Carlton House.